打印地球

PRINT
THE EARTH

黄文军——著
黄丽玲——绘

江西教育出版社
JIANGXI EDUCATION PUBLISHING HOUSE
·南昌·

图书在版编目（CIP）数据

打印地球 / 黄文军著；黄丽玲绘 . -- 南昌：江西教育出版社，2019.7

ISBN 978-7-5705-1172-3

Ⅰ . ①打… Ⅱ . ①黄… ②黄… Ⅲ . ①科学幻想小说 - 小说集 - 中国 - 当代 Ⅳ . ① I247.7

中国版本图书馆 CIP 数据核字 (2019) 第 102829 号

打印地球

DAYIN DIQIU

黄文军 著 **黄丽玲** 绘

江西教育出版社出版

（南昌市抚河北路 291 号　　邮编：330008）

各地新华书店经销

江西省和平印务有限公司印刷

开本 880 毫米 ×1230 毫米　1/32　印张 7.25　字数 120 千字

2019 年 7 月第 1 版　2021 年 8 月第 3 次印刷

ISBN 978-7-5705-1172-3

定价：25.00 元

赣教版图书如有印装质量问题，请向我社调换 电话：0791-86710427

投稿邮箱：JXJYCBS@163.com　电话：0791-86705643

网址：http://www.jxeph.com

赣版权登字 -02-2019-324

序 言

做时间与空间的朋友

黄文军

小时候的我，是个颇听话的学生，上课认真不说，成绩也相当不错。当然，也有觉得课上的内容已全然知晓而不愿听，拿课外书出来翻看的时候。不用说，这绝逃不过老师的火眼金睛。好在老师并没有责怪，每每只说句“是本好书”，便走开了。我当然也知趣地赶紧把书收起来。那些书，便是儒勒·凡尔纳的科幻作品。

那时的我，生活在远离市中心的一座小镇，不曾出过什么远门，也不曾见过什么世面。总以为那栋五层楼高的钟楼是世界上最高的楼，那条游弋着拖船的江是世界上最宽的江，那座有两个桥墩的桥是世界上最大的桥，直到看了凡尔纳的科幻作品，才知世界是多么广大，多么令人震撼。那充满奇迹的海底王国，那令人惊叹的地心世界，那不可思议的月球之旅……一个个奇异的画面，常常像奔腾的江河一样，涌入我的梦里，在我心底留下永不消逝的回响。

由凡尔纳引路，我接触到了国外越来越多的科幻作品。关于时间旅行的，关于机器人的，关于星际航行的，关于怪兽的，关于末世的……

一天，我在学校图书馆的一个破旧书架的最底层，发现了一本薄薄的落了灰的书，是郑文光老师的《飞向人马座》。起初我以为，这是一本与“圣斗士星矢”有关的书，是讲人马座黄金圣斗士艾洛斯的。读后才知，原来这是个比“圣斗士星矢”更神奇、更好看的故事，原来咱们中国也有如此优秀的科幻作品。一个念头倏地钻进了我的脑海：要不，我也试着写科幻？

我是个急性子，说干就干，不仅写在笔记本上，还写进了考试作文里。幸亏老师没有给我不及格，反倒是给了我不少鼓励，要不然就没有现在这个热爱写作的我了。回想起来，那时的我写得十分幼稚，不过，我仍然觉得那些都是很有意义的尝试。它大大丰富了我的题材。在这之前，写说明文，我只会写猫捉老鼠；写记叙文，只会写扶老奶奶过马路；写“珍惜”话题，只会写“一粒米，七担水”。可在这之后，我可以写外星人同桌，写遇见未来的自己，写千奇百怪的道具……

渐渐地，我开始有科幻小说在杂志上发表，继而又陆续有图书出版发行。这一本，一共有 14 个故事，每一个都是有感而发，更是一场场酣畅淋漓的想象。写《打印地球》，是因为与同事一道去了一次科学展览，看到房子也能打印后产生的联想；写《未来病毒》，是因为突然怀念起了曾经贴邮票写信的日子；写《第四类接触》，是向《第三类接触》致敬；写《我的奇幻异星之旅》，是希望每个人都可以凭借自己的力量战胜孤独；写《绿色瞳孔》，是想倡议大家保护环境；写《红色警戒》，是想侧面谈谈教育中过度保护的问题……

我始终觉得，科幻的最神奇之处，是在文字的世界里，操控无尽的时间与空间。我不知道别人怎么想，反正我好想身在时间与空间之外，与它们做永远的朋友，那将是无比神奇的体验。

目 录

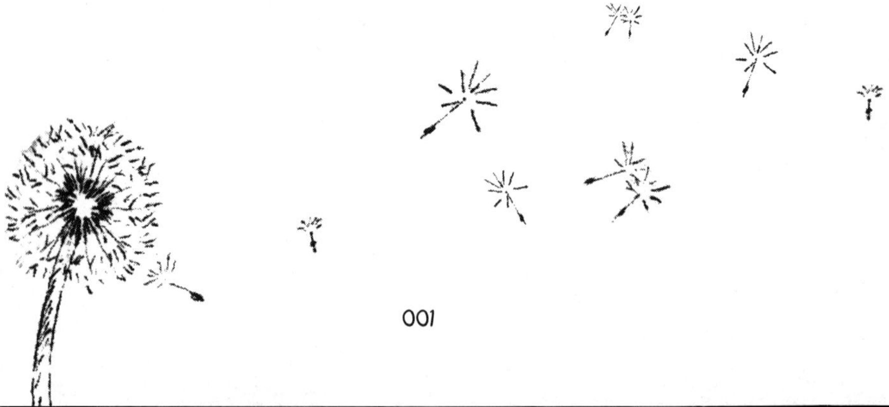

红色警戒

1

我的父亲和母亲是地球第一代异星探索者。他们在我3岁的时候，便坐上了“流浪者1号”光速飞船，去往了遥远的宇宙深处。

为了确保独自留在地球上的我能平平安安、健健康康地生活下去，他们在我的左手大拇指上戴了一枚红宝石戒指。那可不是一枚普通的红宝石戒指。它内置一块超级强大的智能芯片，能预知潜藏的危险，并及时发出警示。

当我看到雨后天边漂亮的七色彩虹，忍不住想用手指去指它时，红宝石戒指会立即发出红色的闪光以及“嘟嘟”的警示音，并用设定好的母亲的声音提醒我："孩子，彩虹是不能用手指去指的，不然，手指会永远伸不直的。"我现在手指很灵活，可以弹钢琴、拨吉他、按笛子，这都要感谢我的红宝石戒指。

当我收到他俩从蘑菇星球快递来的生日礼物——一把炫酷的蘑菇形防 γ 射线雨伞——迫不及待想撑开它时，红宝石戒指也会马上发出红色的炫光以及"嘟嘟"的警示音，并用设定好的父亲的声音告诫我："孩子，屋子里是不能撑伞的，不然，你会永远长不高的。"我现在个子中等，体魄良好，这也得感谢我的红宝石戒指。

也许你会担心我的饮食起居。谢谢你的关心。请放心，我有尽职尽责的机器人管家照顾。我的机器人管家做的饭菜，当然不会存在营养不良或是味道不佳的问题，而且我在吃的时候，红宝石戒指还会发出各种各样的提醒。什么这碗比邻星九鳃鲈鱼汤比口腔温度高了 12℃，需要吹 36 秒再喝啦；什么今天已经摄入了 18 粒天狼星花生豆，再吃，甘油三酯就超标啦；什么啃百翼魔鸡鸡翅的声音太响，容易把饕餮星的大蟑螂给招来啦……这些年来，我的一日三餐十分合理；没有被烫到过舌头，没有拉过肚子，没有被鱼刺卡过喉咙；牙齿缝里没有塞过韭菜叶，番茄汁也不曾溅到过衣服上。这一切，都是红宝石戒指的功劳。

出门在外，红宝石戒指频频发出的警示也会为我保驾护航。头顶的树枝上有快成熟的果子，它会提醒我避开。万有引力已经被发现了一千年了，再被苹果砸一下脑袋，头上肿起一个包是非常不值的。路上出现了一个3厘米深的小水洼，它会提醒我躲远点，万一一脚踩进去，溅起的水花落进戴着护目镜的眼睛里，有万亿分之一引发结膜炎的可能性。这些年来，我没有摔过一次狗啃泥，没有撞过一次电线杆，没有被野狗追过，没有被地上的藤蔓绊过，没有踩空过台阶，没有淋过知了尿，没有被鸟屎击中过。这一切，自然还是红宝石戒指的功劳。

很长时间以来，我一直深爱着这枚红宝石戒指，正如我深爱着我的父亲和母亲一样。

但从那一天开始，我却突然开始讨厌它了。

2

那是一个下着细雨的早晨，空气里飘散着丝丝缕缕的芬芳。我正在机器人管家的指导下，修剪着院子里的月季花。

我当然戴着厚厚的防护手套。我的红宝石戒指早就闪光多次，也警告我多次了：“小心哟，月季花有尖锐的皮刺，别扎伤小手。”

机器人管家也精通园艺。它告诉我，减去不必要的徒长枝，不仅可以节省养料，也会让月季花的姿态更漂亮，开出更多更香的花。

就在我大功告成，准备回屋吃仅比口腔温度高8℃的牵牛星酱牛肉包和剔去了所有骨头的天狼鱼泡饭，然后上学去时，一艘白色的飞船从头顶徐徐降落，宛如一朵小小的云。

“你好，我叫庄梦蝶。请问，这里是白鹭镇吗？”舱门打开，一个和我一般大、很可爱的女孩从飞船里走了出来。哦，不，是飞了出来。

“你好，我叫……”我刚摘下防护手套，准备上前去与女孩握手，我的红宝石戒指便闪起了耀眼的红光，发出了“嘟嘟嘟”的声响。

“小心，她的头上长有触角，说不定会窃取你的脑电波。”红宝石戒指用母亲温柔的声音，说出了它的担忧。

“你好，我叫庄梦蝶。请问，这里是白鹭镇吗？”见我突然犹豫不前，女孩又重复了一遍她的问题，并向前飞了一段距离。

“你好，我叫阿星，这里就是白鹭镇。欢……”就在我们即将握手的刹那，红宝石戒指又用父亲威严的声音告

诫我："小心，她的身后长有翅膀，翅膀上有磷粉，或许有催眠或致幻作用。"

我一向对红宝石戒指的警告言听计从，便不由自主地退了一步。女孩见我举止奇怪，哼了一声，然后转过身，飞回船舱里去了。

不承想，刚踏进教室，我又遇见这个叫作庄梦蝶的女孩。原来，她的母星是凤蝶星，此番来地球，是作为星际交换生来学习的。

"你就坐到阿星旁边去吧，他一直没有同桌呢！"老师说。

"不，我不想和他坐在一起。"庄梦蝶一口拒绝了老师的建议，然后指了指教室最后面的那个角落，"垃圾桶边还有空位，我坐到那里去。"

望着身边空落落的座位，我的心里突然很不是滋味。没错，在班级里，我连一个朋友都没有，谁都不愿意做我的同桌。

阿森曾向我伸出过友谊之手，可我的红宝石戒指却警告我："你不能和他交朋友，这个阿森，小时候踩死过蜗牛，肯定有暴力倾向。"于是，我拒绝了和他一道骑车去郊外放风筝的提议。

叶子送过一篮火鸡蛋给我，那是真正的火鸡蛋——火星鸡下的蛋。但我并没有接受她的好意。因为我的红宝石戒指警告我：“其中一颗鸡蛋的蛋壳上有鸡屎，说不定还有沙门氏菌。”叶子很生气，连用火星鸡的鸡毛做的毽子都不肯给我踢了。

还有丁丁、小杰、政儿……他们本来都有可能成为我的朋友，却因为红宝石戒指发出的种种警告而成了与我不相干的陌生人。

“我讨厌你！我讨厌你！我讨厌你！”我再也忍受不住，平生第一次对着红宝石戒指大喊大叫，不争气的眼泪也从眼眶里滚出来了。

“安静点！”全班同学一齐向我投来鄙夷的眼光。

3

那天傍晚回家后，我就和那枚戒指杠上了。

我在手上一遍遍地擦着来自冥王星的肥皂和谷神星的洗手液，可那枚红宝石戒指就像是在我的手指上生了根，怎么润滑都取不下来。

我又命令机器人管家用机械手臂锯掉它，可它却第一次拒绝了我这个小主人的指令。这也怪不得它，根据机器人三大定律，它是不能做出有可能伤害小主人的事情的。

没办法，我只能自己拿锤子锤它，拿小刀割它，拿螺丝刀撬它。然而这些工具在这枚坚固的红宝石戒指面前，纷纷败下阵来。锤子碎了，小刀钝了，螺丝刀也断为了两截。

我终于无计可施了，只得退而求其次，在我的左手大拇指上打上厚厚的石膏，把那枚多嘴多舌的红宝石戒指密封起来。于是，我的左手看上去滑稽极了，就好像是手掌上长了一颗高尔夫球一样。

那天晚上，我睡得不是很好。一会儿被冻醒，一会儿去上一趟厕所，一会儿被噩梦吓醒。因为我的红宝石戒指没能提醒我：今晚盖仿真蚕丝被有点薄了，今晚的睡前苏打水喝得有点多，今晚的充气枕头垫得有点高。但我一点儿都不后悔自己的决定。

第二天上学，我像换了个人似的，让大家刮目相看了。

体育课的内容是跳山羊。以往我都是不敢跳的。我的红宝石戒指会一遍遍地提醒我："跳山羊有风险，有一百二十分之一的可能会撞到膝盖，有六百三十七分之一的可能会磕到脑袋，有一千零一分之一的可能会拉伤韧带，有……"往往只跑了一半，我就打退堂鼓，从旁边灰溜溜地逃走。但今天，我却勇敢地跳了。尽管第一次撞到了膝盖，第二次磕到了脑袋，第三次拉伤了韧带，但第四次，疼得龇牙咧嘴的我居然一跃而过，赢来了一片喝彩声。只有我知道，是庄梦蝶悄悄帮了我。在跃起的刹那，我明显感到了一阵奇怪的风把我托了起来。只有她的翅膀才能掀起这样的风。

社会实践课的内容是去小河边捉螃蟹。这个时节的螃蟹，大多已经钻进了洞里，准备冬眠了。要搁在以往，我是万万不敢伸手去洞掏的。我的红宝石戒指会告诫我："小河边的洞十分危险。如果有螃蟹，会被狠狠地夹一下；如果有蛇，会被狠狠地咬两口；如果蛇有剧毒，就会有生命危险。"事实上，我早就知道了分辨螃蟹洞和蛇洞的方法。螃蟹的身子是扁的，所以它的洞也是有点扁的；蛇的身体是圆的，所以它的洞也是圆的。螃蟹有脚，所以洞口有泥；蛇没有脚，所以洞口没泥。螃蟹的洞里可以有水，但蛇的洞里不能有水。但我一向听红宝石戒指的话，从来没有亲身尝试过。这一回，我终于勇敢地把手伸进了一些扁扁的大洞里。你们猜怎么着？我从洞里掏出了一只从未见过的巨无霸螃蟹。它确实狠狠地夹了我一下，但只是夹在了石膏上，一点儿也不疼。我再一次听到了同学们的欢呼声，心里高兴得乐开了花。

只可惜，我并没有察觉到，那块密封着红宝石戒指的石膏，因为巨无霸螃蟹的重重一夹，出现了一道道隐形的裂缝。

4

同学之间，当然免不了一些小恩小怨，但又怎会有真正的深仇大恨呢？仅仅一个多礼拜，大家就消除了对我的成见，变得愿意和我说话，愿意和我一块儿玩，也愿意和我交朋友了。不用说，庄梦蝶也挥别了垃圾桶，坐到我旁边来了。

意外就是那个时候发生的。当我热情地替庄梦蝶从桌肚里拉出椅子，并用纸巾擦拭干净时，那块石膏突然碎裂为好几块，纷纷从我左手大拇指上脱落下来。

炫目的红光随即闪了起来，刺耳的嚣叫倏地响了起来，被压抑了许久的可怕的警告声也瞬间传遍了教室的每个角落。这一回竟然是父亲和母亲的男女声二重唱：“小心，她头上的触角也许能窃取你的脑电波哦！小心，她翅膀上的磷粉也许有催眠和致幻作用哦！小心，她也许是个伪装成小学生的星际间谍哦！”

“胡说！胡说！胡说！”我一边把头摇成了拨浪鼓，一边赶紧用右手紧紧捏住左手大拇指，想阻止声音发出来。

是的，通过这几天的相处，我早已从心底里肯定，庄梦蝶是个单纯、可爱、善良的好女孩。她的触角，她的翅膀，不过是凤蝶星人的特征。我们地球上的凤蝶，不也长有一对触角和两对翅膀的吗？我们不仅不害怕它们，还赞美它们，为它们写了很多美丽的诗词，画了很多漂亮的图画，编了很多感人的故事，不是吗？

可我的“亡羊补牢”，又有什么用呢？同学们早就把这几句话，连同标点符号，都听了个清清楚楚、明明白白、真真切切。

“小心，她头上的触角也许能窃取你的脑电波哦！小心，她翅膀上的磷粉也许有催眠和致幻作用哦！小心，她也许是个伪装成小学生的星际间谍哦！”更糟糕的是，这些耸人听闻的警告声还在透过手指的缝隙，连绵不绝地传出来。

我急得眼泪都快流出来了。我心里非常害怕，既担心大家会把这些警告声当真，认为庄梦蝶是异星来的坏女孩儿，又担心大家再次把我当成一个对什么事情都紧张过度的怪物，从此不再搭理我。

“对不起！对不起！对不起！”我连连向庄梦蝶道歉，可庄梦蝶的脸上却一时没有了表情，不知道是失望，还是难过。

“大家别相信这些胡话，千万别相信，绝对别相信！”我又不停地向同学们鞠躬，恳求大家不要听信戒指的一面之词。

我一边说，一边环视四周，死死地盯着每一位同学的表情，心扑通扑通跳得厉害，仿佛就要跳出嗓子眼儿，落到地上去了。

出人意料的是，大家愣了一会儿后，居然为我鼓起了掌。一开始，掌声还是稀稀拉拉的，后来就变得齐刷刷的了。

“阿星阿星祝贺你，相信自己了不起。”阿森和叶子他们居然还为我编起了顺口溜。我好开心啊！

“阿星，祝贺你，你终于真正摆脱了对红宝石戒指的依赖！”更不可思议的是，庄梦蝶的翅膀一闪，上面竟然出现了父亲和母亲的画面。原来，她的翅膀不仅能飞，还是四块分辨率非常高的屏幕。

“这是……”我惊讶极了，连最简单的话都不会说了。我也感动极了，连激动的泪都不会流了。

“阿星，你的父亲和母亲，正在我们凤蝶星，帮助恢复生态环境。虽然他们一直远在异星，却始终关注着你的成长。他们当初给你戴上这枚红宝石戒指，是因为怕你受到不必要的伤害。但他们渐渐意识到，这枚红宝石戒指，也在阻碍着你的成长。他们还有探索宇宙的使命，暂时不能回归地球。而我恰巧要来地球当星际交换生，他们便委托我带来这段珍贵的只有几秒钟的视频。他们给了我你家的坐标，要不然，地球那么大，我来地球的第一站，怎么那么巧，会是你家呢？”庄梦蝶微笑着道出了事情的原委。

“谢谢你，庄梦蝶同学。”我终于会说话了。

“谢谢你们，爸爸妈妈。”我也总算流出了激动的眼泪。

5

长大后，我也成了一名异星探索者，遨游在宇宙的各个地方，欣赏奇景，增长见识，结交朋友，尽己所能地帮助他人。

那枚红宝石戒指，我一直戴着，因为它代表了父亲和母亲对我的爱。但它的警告，我已经学会有选择地听了。毕竟，对这个世界的认识，总要靠自己去获得。

告诉你们一个秘密——这枚红宝石戒指的声音，我已经做了修改。它会通过定向声波，只将声音传给我一个人。所以，年少时的那些笑话，再也不会重演啦！

打印地球

1. 快递

今天是公元2113年的最后一天。当我吹灭跳动的烛火，切开新年蛋糕的时候，我忽然想起了海伦娜。因为今天也是她的生日。

从幼儿园到中学，海伦娜一直是我的同班同学，也是我最要好的朋友。我很了解她，她是一个多梦的女孩。

上小学时，海伦娜的梦想是当一名演员。于是，她接连去了宫斗大戏《后宫真烦传》《步步惊肺》《还猫格格》等剧组试镜，可惜一次次名落孙山。上初中时，几乎没有任何运动天赋的海伦娜开始嚷嚷着要成为奥运冠军。时任奥委会主席的海伦娜的父亲为了爱女能顺利成为奥运冠军，不顾委员们的强烈反对，强行把爱女唯一擅长的十字绣列为奥运竞技项目。只可惜，海伦娜在第一轮就败给了一位中国大妈。中国大妈绣的水浒一百单八将美丽绝伦，甩开海伦娜绣的海绵十二宝宝八百条大马路都不止。

初中毕业以后，我升入高中继续学习。海伦娜则有了新的梦想：当一名游遍太阳系所有大小行星的旅行家。于是，她休了学，随着有钱的父亲一道坐着宇宙飞船远游去了。我们之间的联系，也被茫茫的太空隔断了。我真想问问元芳，这些年她过得怎样。对了，元芳是一个用来娱乐的智能机器人，有问必答的。

我回忆着与海伦娜在一起的过往，不知不觉间，新年的钟声敲响了。与此同时，我家的全息玻璃窗突然亮了。窗外出现了一个悬浮在半空的机器人快递员的身影。它的钢铁双脚底下喷射着烈焰，显然正在用发动机对抗着地心引力。

忘了告诉大家，我家住在 1001 楼，离地面有 2600 米。

“你好，星际快递，请签收！”在我们这个时代，机器人说话的声音已和普通人无异，不再生硬。

“星际快递？没搞错吧，我可没有外星人笔友。”我有点不敢相信自己的耳朵。

“赶紧签收！浪费我的燃料，你可是要额外付钱的。”

“是，是！”我赶紧按下自动调温沙发扶手边上的一个按钮。

两个可延展的机械手臂从我窗外的暗格里伸出，一个接过快递，一个替我签上了大名。

这是一个巨大的包装盒，大到可以装进一个成年人。我小心翼翼地将盒子打开，往里一看，我差点晕过去。

盒子里面果然有个人，而且就是海伦娜！

“你好，杰森，我回来了。”海伦娜扯掉脸上的生命维持面罩，从盒子里坐起，然后站直，款款走了出来。

六年不见，她比初中毕业时更漂亮了。

“海伦娜，怎么是你？你居然把自己快递过来了。”我惊喜极了，刚刚念叨她，她就来了。

“杰森，好久不见，新年快乐！”

“好久不见，新年快乐，生日快乐！”

我们给了彼此一个大大的拥抱……

2. 迷局

与海伦娜的重逢，让我感觉自己又回到了小时候。之后的一段日子，我几乎天天带着海伦娜去故地重游，也翻出了藏在抽屉深处很多储存着我和她小时候生活片段的内存卡。我们窝在沙发上，一边喝着茶，一边怀旧。

令我感到意外的是，海伦娜对于一些事情的记忆深刻到了极致。比如她依旧能记住自家豪宅那长达 128 位的密码，甚至能记住我们拍小学毕业照的精确时间：2105 年 6 月 30 日 14 时 18 分 29 秒 158 毫秒！但对于一些同学和老师的绰号她却不记得了。那些绰号明明是她起的啊！

一个黄昏，我送海伦娜回家后，回到了自己家。洗漱完毕，我心血来潮，翻出了中学时用过的那款老掉牙的苹果 100S 手机——那是海伦娜送给我的生日礼物。

真是惊喜，插上当初的 SIM 卡，换上新的太阳能电板后，它居然还能使用。毕竟是过时的 256 核手机，开机时间足足花了 2.2 秒。屏幕亮起后，一条短信立刻传了进来，竟然是海伦娜初中毕业后就废弃的号码，时间显示为两个月前，地点显示为土星：“杰森，救我，我在被我追杀。”

被人追杀？还是自己追杀自己？我又是担心，又是莫名其妙。我赶紧回拨这个既熟悉又陌生的号码，传来的却是忙音，再打，却已关机了。

这个号码海伦娜不是有六年不用了？要不然我们也不会

失去联系啊！可她为什么会突然使用，又给我发这条明显带有语病的短信呢？

我赶紧拨打她的新号码，传来的却是海伦娜懒洋洋的声音：“杰森，什么事啊？我正准备睡觉呢！”

睡觉？我微微一愣。在我印象中，海伦娜是个夜猫子，怎么会不到十点就睡？难不成，长期的太空旅行让她改变了生活习惯？

“海伦娜，两个月前，你是不是遇到过什么危险？”

“危险？哦，我想起来了，两个月前我和父亲的宇宙飞船发生了爆炸，不过别担心，人没事，只是我们的财产，都在这次爆炸中被毁了。所以，我才选择了被快递回来。”

“人没事就好。可你明明发短信告诉我，你在被人追杀。”

“是呀，是追杀我的那个人引爆了飞船。当然，他自己也死在了爆炸中。对了，杰森，你愿意帮我东山再起吗？”

“怎么帮？”

“虽然土星已被改造得很适宜人类居住，但那里的动物依旧十分稀少。如果我们能搜集一万对动物，把它们送去土星，我就能发大财！”

“好，我一定帮你。”

虽然海伦娜在电话里表现得怪怪的，但我依旧决定帮助这个十几年的老朋友。在之后的十个月里，我费尽周折帮她搜集了一万对动物，并倾尽自己的积蓄，雇了一艘宇宙飞船。

“海伦娜，瞧那只考拉，你曾在奥运会上绣过它Q版的十字绣。”飞船航行中，我指着一只考拉说道。

“十字绣是什么？十字架的另一种说法？”海伦娜的这个回答令我陷入了深深的怀疑。

3. 真相

一个月后，我们终于抵达了巨大的土星。

早就有车队等候在飞船码头了。我们的飞船刚打开舷窗，浩浩荡荡的车队就把我们带来的一万对动物运走了。

海伦娜晃了晃手里的信用卡：“杰森，谢谢你。对方很讲信用，已经打款了，我现在又是亿万富翁了。为表感谢，我请你去九星级酒店吃大餐。”

“好咧！”

虽然贵为九星级酒店，但服务生一上来就把果汁溅到了我的衣服上，我只得去盥洗室清洗。

一只冰冷的手按住了我的肩头：“好久不见，杰森。”

“你是——海布里叔叔？真高兴见到您，您女儿就在大堂里吃饭呢。”我按捺不住心中的惊喜，转头去和海布里握手。

“不，真正的海布里已经被人杀死了。我只是海布里生前制造的仿真机器人而已。”那人没有与我握手，而是扯开了脸上的一块皮肤，露出了里边的合成组织。

“这……这……”我难以置信地摇着头，心里十分难过，“是被引爆你们宇宙飞船的坏蛋杀死的吗？那个坏蛋现在在哪里？”

“引爆我们宇宙飞船的坏蛋，不就是那个正在大堂里吃饭的女人吗？”

“怎么可能，那可是海伦娜啊！”

“不！杰森，她不是海伦娜，她只是海伦娜的3D副本。”

“3D副本？”

“没错，由最新型的3D打印机打印出来的生命体。”

“3D打印机已经可以打印出人了？”我十分震惊。在我的印象里，3D打印机虽然已经能够打印出摩天大楼和宇宙飞船等巨型物体，但远没有先进到能打印出生命体的地步。

“嗯，我利用土星上的特殊物质，制造出了这种不可思议的打印机。海伦娜是第一个尝试打印自己的人。但没想到的是，那个女人不甘于做一个副本，竟杀了海伦娜取而代之。”

“海伦娜已经死了？”我跌坐在地，喃喃自语，“怪不得她发短信对我说‘我在被我追杀’，原来是这个意思。”

“听说你们这次从地球运送了一万对动物来？”

“嗯！”

“看来，她真的想启动另一台究极打印机。”

“究极打印机？”

“没错，一台体积超越地球、能打印地球的究极打印机。这几个月来，这个女人已经指派几千艘飞船对地球进行了极为细致的深度扫描。只要按下启动按钮，她便能打印出一个一模一样的地球，有大陆，有大洋，有大气，只是没有生物。但有了你们运来的这一万对动物就不同了。她可以快速对它们进行扫描和打印，很快就可以让这些动物形成数量可观的种群。到时候，她就是新地球的女王！所以，你必须阻止她。”

“可您说的这一切太玄乎了，我该如何相信你？”

“海伦娜在被打印的时候，特意嘱咐我，将副本里关于她的一些糗事删去，诸如同学取的绰号、海选的经历、奥运会的经历……其实，我觉得你早就相信我说的一切了，是不是？”

“好，我一定会阻止她的阴谋的。”

4. 激战

“海伦娜，或许你已经忘记了，但我仍然十分怀念你参加《肇事宠儿》剧组海选时的样子。”我像什么事情都没发生过一样，微笑着坐回了海伦娜身边。

“怎么了？相比当时，我老了很多吗？”

“不是呀，那时你傻得可爱呢！我记得导演给你端来了一份竹筒饭，你居然吃光了竹筒，却没有吃里面的糯米饭。你嘴角露出竹片的样子，真像一只可爱的大熊猫！”

“是呀，竹筒其实一点儿都不好吃！”

“胡说，世上根本没有《肇事宠儿》这部电视剧。你虽然出过糗，但绝对不会傻到去吃竹筒。你就是害死海伦娜的凶手——海伦娜副本！”我愤怒地站了起来。

“你都知道了？呵呵，不过已经来不及了。在我回到地球的那段时间，新的地球已被秘密打印了出来。你自己瞧瞧吧！”海伦娜副本突然按了按她的腕表。

脚下的土地突然开始了剧烈的震颤，好像有什么能量在迸发。我明白，新的地球快要破土而出了。

“把腕表给我！”我怒吼着，伸手去夺。

海伦娜副本的身体远比海伦娜灵活，一套虎虎生风的组合拳打出，莫说去抢夺她的腕表，就是接近她的身体都十分困难。

眼看她就要逃之夭夭，我赶紧抄起身边的果汁，使足力气，泼向她的手腕。

“嘟嘟！”腕表冒出一缕黑烟，无力地叫了几声，报废了。

与此同时，大地的震颤也停止了。

“你！”海伦娜副本恼羞成怒。

“越是先进的电子设备，就越是怕水，更怕酸性的果汁，这点果然没错。”

“哼，你以为这样就能阻止我吗？第二地球里还有控制室。我现在就坐单兵飞行器飞进去。”海伦娜副本跺了跺脚，脚下立刻腾起烈焰，载着她飞了出去。

…………

很快，地面又开始了震动。不用说你们就该猜到，海伦娜副本已经来到了第二地球核心的控制室。

“各位，你们谁有单兵飞行器？借我用用吧。”我扯开了嗓子，向着四面八方的游客大喊，“放心，我不是坏人，我只是要去阻止坏人！”

只可惜，没人回答。

脚下的震颤越来越强。我无助地蹲下，双手捂着脑袋，心中无比绝望。

那只冷冷的手，又按住了我的肩头："杰森，别放弃，随我来吧，我有小飞船！"

于是，仿真海布里驾驶着飞船，载着我飞向天空。

"海布里叔叔，为什么我们不往第二地球的核心控制室飞去？我们不是要去阻止海伦娜副本吗？难道……你也是坏人，要使什么调虎离山之计？"

"你还好意思说自己是虎吗？连地老虎都不是吧？"仿真海布里和蔼地笑了笑，"放心吧，相比硬拼，我的撒手锏更厉害！"

原来，为了防止究极 3D 打印机出意外，海布里叔叔还秘密研制了究极 3D 碎纸机，能粉碎一切 3D 打印出来的东西。

很快，土星的高空出现了一阵吸力超强的疾风，将究极 3D 打印机和第二地球一齐吞了进去……

"不——"海伦娜副本的惨叫很快被碎纸机的声音淹没了。

5. 生日

“生日快乐，海伦娜！”在海伦娜的墓碑前，我献上了鲜花。

虽然人体3D打印机里还保存着海伦娜的打印文件，我完全可以再打印出一个海伦娜副本，但我没有那么做。

打印出来的人，再相像都不是本人。

我毁掉了所有的人体3D打印机和设计图纸，回到了地球……

我的奇幻异星之旅

1

老夫应该沉睡了有好长一段岁月了吧！今夕复何夕，真没想到，老夫竟还有醒来的一天。想当年，老夫在奉先县偶遇老卫时，已然访旧半为鬼，如今却不知还能遇见谁。

还是先睁大老夫这双昏花的老眼，好好看看这个世界吧！

噫吁嚱，奇乎怪哉！

嘿！太白兄的这个《蜀道难》开头，套用起来似乎颇有趣味。好了，不沾沾自喜了，还是接着吟诗吧。

花市灯如昼，

危楼可摩天。

奇光何皎皎，

异人舞翩跹。

等等，第一句怎么好像不是自己的？

咳咳，好久不作诗了，格律都有些生疏了，还是用大白话说吧。

哎呀呀，这个世界可真是奇怪！

奇怪的街市，奇怪的楼宇。奇怪的亮光，奇怪的男子。

我：喂喂喂，你为什么要抓我？战乱不是早就结束了吗？白日放歌须纵酒，青春做伴好还乡。美好的和平时代，不是早就到来了吗？

抗拒无效。老夫还是被奇怪的人以奇怪的东西束缚住，并被带进了奇怪的房间，又被问了奇怪的问题。

奇怪的男子：你是不是会背诵“诗圣”的诗？

我：“诗圣”是谁？

奇怪的男子：再问一遍，你会不会背诵“诗圣”的诗？别装蒜！

我：我真的不知道“诗圣”是谁。

奇怪的男子：你就装文盲吧。拖下去，关进大牢！

2

刚进大牢，那只潜入我脑海的萤火虫便倏地飞了出来。当然，这只小小的萤火虫，独我一人看得见。它一飞走，我便又是我了。

刹那间，我想起了自己是怎么进来的，不禁一声苦笑。

那个时候，我还是杜甫，又怎会知晓后世之人会尊称我为“诗圣”？要不然，我怎会背不出自己写的诗？

但很快，我就振作起来，开始环顾四周，思索脱身之策。

说是大牢，其实面积很小，也就一个卫生间那么大吧。头顶和脚下都是坚硬无比的巨型岩石，四周则竖满了细长的金属杆。金属杆之间的间隔很小。如果你去过上海博物馆四层的明清家居馆，一定会对一个由上等紫檀木制成的柜子印象深刻。虽然人们对这个被戏称为“气死猫”的柜子究竟是用来存放经史子集的，还是用来搁置剩饭剩菜的尚有争议。但毫无疑问，没有一只猫能穿越那么密的隔栅走到里边去。正如我无法穿越那么密的金属杆走到外面去一样。

哦！补充一句，如果我记得没错的话，这个柜子的官方名称应该是：紫檀木三面直棂透棂架格。

晕，不能掉书袋了。我必须出去，为了自己，也为了这个世界。

我：放我出去！我知道“诗圣”是杜甫，我还知道他生于712年，卒于770年。我更知道他字子美，自号少陵野老。我当然也会背他写的唐诗。不信，我背给你们听。

我越喊声音越大，试图把早已走远的异星人叫回来。

我：无边落木萧萧下，不尽长江滚滚来。

我：两个黄鹂鸣翠柳，一行白鹭上青天。

我：好雨知时节，当春乃发生。

…………

我一边扯着嗓子大喊，一边紧抓着金属杆摇晃，越来越用力。

不好，上面居然有电，而且越用力摇晃，电流就越强！

我：啊——救——

就在我即将被电晕过去的一瞬间，又有一只发着幽光的萤火虫飞进了我的脑海。

3

我：——命。

咦，我为什么要突然说出“命”这个字眼儿？

我转了转眼珠，又皱了皱眉头，茫然不解。

但随即，我又抖了抖眉毛，眨了眨眼睛，感觉自己的体内瞬间充满了喷薄而出的能量。就像两块盘踞在低空的巨大积雨云，即将摩擦出骇人的树形闪电。

哎呀！我怎么又被关起来了？难道又有人要拿我做实验？

老实说，我讨厌时时戴着手套；我讨厌不能和小伙伴们握手；我讨厌不能和他们一起放肆地踢球；我更讨厌被人关起来做实验。

一想到身体带电给自己造成的误会和困扰，我就又委屈又难过。

我：让电流来得更猛烈些吧！

我的情绪终于彻底爆发，发出了一声怒吼！

很快，我就有了一个计划。

我的计划——说难也难，说简单其实也很简单。别忘了，我是霹雳贝贝。我可以利用自己体内的电流，加上金属杆自带的电流，将整座大牢变成一个大型电磁铁。钥匙就挂在百米开外的岩壁上。只要产生的电磁力足够强，便能够把钥匙吸过来。

我：啊——

我大喊着给自己鼓劲，不断地提升体内的电能。

可惜的是，钥匙刚刚抖动了几下，这只萤火虫便飞远不见了。

4

我：啊——好麻，好痛，好难受！

一旦变回瘦弱的中学生，我便毫无悬念地在一秒钟之内被电晕了过去。等我醒过来的时候，我看到隔壁大牢的胡茬大叔，正用迷惑不解的眼神望着我。

隔壁大牢的胡茬大叔：我看到你刚才变成了一个纸人，为什么不侧着身子从大牢的缝隙里钻出去？

我：……

是呀！我刚才化身为霹雳贝贝，而霹雳贝贝不过是张之路老师笔下的虚拟人物，它并不存在于现实世界当中，充其量只是一个二维的生命体。穿越浩瀚无垠的三维空间的缝隙，对于一个扁到无穷扁的二维生命体而言，确实是轻而易举的，简直比异星人让整个地球同时下一场雨还容易。

5

是的，异星人来到地球的第一天，便利用自己的超凡科技，使全世界下了一场前所未有的怪雨。

那真是一场精美绝伦的雨。

异星人先是拖动月球，人为制造了一场漫长的日全食，然后便在全球各地的上空，种下了一粒粒亮闪闪的雨的种子。

晶莹剔透的种子在暗黑的天空中迅速萌芽，先是分蘖（niè）出五光十色的枝条，接着蔓延出五彩缤纷的卷须，继而伸展出五彩斑斓的叶子，最后，如同焰火，甚至极光一般，绚丽多姿的雨丝将整颗地球都笼罩了起来。

不，与其说是雨丝，不如说是光线。因为这数以万亿计的雨丝，都是沾衣不湿、落土不润的。

是的，这是一场不雨之雨。但那个时候，没有人知道，这其实是一场恐怖的时光之雨。

我清楚地记得那一幕：同学们都屁颠屁颠地从教室跑出去了，既惊愕又陶醉地望着天空，除了我。

我刚被班上的小霸王抢走了专门为校园科技节制作的宇宙飞船模型，还挨了他重重的一拳，坐在地上起不来，只能眼巴巴地看着他们在璀璨的光芒下欢呼雀跃，而自己只能呆呆地看着玻璃窗上的反光。

不争气的眼泪，在我的眼眶里打转……

6

我刚刚错失了一个逃出生天的大好机会，心中后悔不迭，加上又挨了大牢防护电流的重重一击，坐在地上起不来，只能眼巴巴地看着隔壁大牢的胡茬大叔用迷惑不解的眼神望着我，似乎是在嘲笑。

不争气的眼泪，在我的眼眶里打转……

异星人：哇！流泪了，流泪了。有戏了，有戏了。忍住，忍住，且慢，且慢，待会儿再放声哭出来，先让我找个干净的无菌试管！

我：……

就在异星人匆匆忙忙跑去实验室拿无菌试管的时候，又有一只萤火虫飞来了。

我接下来会变成谁呢？我自己也不知道。

7

异星人小心翼翼地将章鱼般的触手伸进大牢，一手举着试管，一手掰开我的左眼，一手掰开我的右眼，一手按着我的脑袋，试图最大量地接取我的眼泪。

一分钟……

一刻钟……

一小时……

这次的萤火虫十分争气，一直安安静静地待在我的脑海里，我感觉希望在变大。

异星人：哭了这么久都不见眼泪，你是不是天生没有泪腺？

我：因为——莫斯科没有眼泪，大雪纷飞……

异星人：又装傻充愣，你到底肯不肯乖乖跟我们合作？

异星人气冲冲地走了。他刚走，我脑海中的萤火虫便飞走了。

8

我：莫斯科没有眼泪，我却流泪……

眼泪“啪嗒啪嗒”落在了地上，异星人却已然远去，没能得到。

可是，一座城市，也会有灵魂吗？我有点纳闷了。

9

从有记忆开始，我就受尽了大家的欺负。眼泪“啪嗒啪嗒”落在地上，成了我生活的常态。

我是一个孤儿，长得很瘦小，还特别爱哭，这些都是其他孩子欺负我的所谓理由。但我还被大人们欺负，因为他们觉得我很古怪。

我能看见别人看不见的萤火虫。

这些萤火虫还会飞进我的脑海。

而且，一旦有萤火虫飞进我的脑海，我便不是我了。只有等它们飞走以后，我才会知道，在那段或长或短的时间里，我曾经是谁。

我现在有点明白了，那些萤火虫，应该是某种我们尚不知道的神秘粒子。我给它们取了一个好听的名字——魂粒。我当然不知道魂粒的质量、电荷、半衰期以及自旋方式，那是科学家们的事。我只知道，它飘忽不定，还带着别人的灵魂。而且，只有特定的场——比如我的大脑——才能捕捉到。一旦捕捉成功，魂粒便会在我的脑海中释放出能量，别人的记忆和意识也会借助我的身体在这个世界上重现。打一个不恰当却很形象的比方，这有点类似一种迷信现象——附身。

更正一点，与其说是捕捉，不如说是被捕捉。迄今为止，每一次我与魂粒的融合，都是被动的。它来我不知，它去我亦无法控制。

往事如同伤疤，但有时候又不得不揭开，甚至还要撒上盐。

记得三岁零两个月又十九天的时候，有一对老夫妇想领养我。我忘不了初见他们时的情景。他们拨开围着我瞎起哄，并嘲笑我是胆小鬼的人群，在我面前蹲了下来，先是递给我一辆遥控汽车，紧接着便用手指抹去了我眼角的泪痕，笑呵呵地和我聊天。当时，我刚被一个大我三岁的胖子用可乐瓶砸了几下脑袋，脚步也有点不稳，眼前更是金光一片。但我还是看到了一个颜色古怪的光点，在我身边飞来飞去。

老夫妇：孩子，会唱歌吗？

我：会……会一点点。

老夫妇：那就唱唱看吧，我们很想听呢！

我：圆、圆、圆……

老夫妇：是皮球圆圆，挂钟圆圆吗？别紧张，大胆一些。

没错！就在他们鼓励我的时候，那个光点飞进了我的脑海。并没有触电般的麻麻的感觉，也没有坠入冰窖般的浑身一激灵，但毫无疑问，难以解释的事情发生了。

“我”：原来姹紫嫣红开遍，似这般都付与断井颓垣……

“我”将每个字都拖得那么长，唱得那么深情，甚至还舞起了并不存在的水袖，仿佛看到了并不存在的朝飞暮卷和云霞翠轩……

老夫妇：……

光点来得快，去得也快。魂粒这种东西，本就比暗物质更离奇、更令人捉摸不透。

我看到他们很快就皱起眉头转身走了，嘴里还不停地嘟哝着："怪孩子，真是怪孩子，小小年纪就会唱《牡丹亭》，瞧那眼神，看那身段，简直像被杜丽娘附身了一样，真是太邪门了……"

老夫妇一走，围观的大孩子们便一把抢走了我手里的遥控汽车，更兴奋地数落我没人要。他们玩腻了，又把遥控汽车连同遥控器踩得粉碎。

我忘不了那些遥控汽车的碎片，我甚至恍恍惚惚觉得，它们是一艘坠毁在火星上的宇宙飞船留下的残骸。

我当然也记得五……

10

我的回忆，被突然赶来的异星人打断了。

异星人："五月江深草阁寒"的前面一句是什么？我们看了监控，似乎杜甫的诗，你背得还挺溜的！

我：让我想一想——是……"百年地僻柴门迥"。

念完这句诗，我忽然浑身一激灵。"百年"这个词，在我原先的概念里，是那么漫长，但自从时光之雨下过之后，它就完全变了。

11

不争气的眼泪，在我的眼眶里打转……

转啊转，转啊转，年轮一般转啊转……

班上的小霸王：哟！原来，外边在下雨，里边也在下雨哟！

在我所在的城市，哭泣也被叫作下雨，而我，当然是他们眼里的“雨怪”。

但这一回却不一样了，我的眼泪只是在眼眶里打转，可小霸王的眼泪却如断了线的珍珠项链般，连绵不绝地洒在教室的地板上。同时掉落的，还有他枯黄的牙齿。丁零当啷的撞击声虽然极微极轻，听上去却格外诡秘瘆人。

透过我厚厚的眼镜片，小霸王惊愕地看到了自己的倒影——无神的眼睛，满脸的皱纹，佝偻的身躯……

他竟在短短的几分钟内，老了整整一百岁！

金属做的教室大门也一下子变得斑斑驳驳，在风里颤巍巍地一开一合，像极了古诗里说的柴门。教室外栏杆上的花盆里本来刚刚撒了常春藤的种子。现在，它的藤蔓已经爬满了整个走廊……

是的，所有被时光之雨淋到的人乃至事物，都在超加速老化！

12

异星人见我能背出“百年地僻柴门迥”这般冷僻的杜诗，便又把我押回了森严的审讯室。

这是“我”第二次来到这间审讯室，也是我第一次来到这间审讯室。我能想象出杜甫当时的震撼——即便是晚他一千多年出生的我，在面对这间拥有着重力感应地面以及全息影像系统等诸多先进设施的审讯室时，也感受到了深深的不可思议。好在我看多了异星人的电影和漫画，虽感惊奇，却还不至于感到恐惧。

异星人：还想装文盲吗？

我摇了摇头。

异星人：上次我们弄错了，我需要你背诵一下“诗——”。

好吧，对方话音未落，又有一颗飘忽的魂粒进入了我的脑海。

13

我揉了揉眼睛，眼前朦朦胧胧地出现了一幅幅满是沧桑的画卷：淮水东边的月，朱雀桥下的花，依依春色中的病树，悠扬素琴中的陋室……但最让我难以忘怀的，无疑是这二十三年中的艰难与困顿。玄都观的桃花开了又谢，谢了又开；玄都观的菜花黄了又绿，绿了又黄。

异星人：“——豪”的诗。

嚎的诗？简单！我伸长了脖子，学了一声绵长的狼嚎：嗷——

异星人：不是嚎，是“诗豪”，是让你背“诗豪”的诗！

哦，“诗——豪”，是说我吗？我的挚友乐天居士确乎曾称我为“诗豪”，但世人也这么认为吗？看来，我的桀骜不驯还是值得的。

异星人：又发什么呆？会背就快背，别磨磨蹭蹭。

我：山不在高，有仙则名。水不在深，有龙则灵……

我：自古逢秋悲寂寥，我言秋日胜春朝……

我：九曲黄河万里沙，浪淘风簸自天涯……

我：巴山楚水凄凉地，二十三年弃置身。

异星人：对，对，对，我感兴趣的就是这首。快说下一句！

我：怀旧空吟闻笛赋，到乡翻似烂柯人。

异星人：你能不能跟我们讲讲“烂柯人”的典故？

14

读书确实很累，才念初二，黑板的最高处便写上了中考的倒计时，就像一柄达摩克利斯之剑，不断提醒我们要努力、要刻苦。这不是我们学校的特色，全国的学校有一大半都是这么高瞻远瞩。但我一点都不觉得辛苦，尤其语文课，那是我最喜欢的一门课。

老师：“怀旧空吟闻笛赋，到乡翻似烂柯人。”多棒的一句颔联啊！谁能跟我们讲讲“烂柯人”的典故？

班上的小霸王：有个姓柯的人，是个烂人，是个渣男。

老师：……

我：“烂柯人”的典故出自南朝梁任昉《述异记》，说的是王质有一次去山中打柴，看到有仙人在对弈，便在山中逗留了片刻，观看两人的棋局。谁知，等他回到自己的村子的时候，那里已经发生了巨大的变化，已经有好几代人去世，好几代人出生了，就连他手里的斧头柄，也腐烂得不成样子了。

班上的小霸王：书呆子就是书呆子，除了掉书袋，别的啥也不会，就会掉眼泪。

我：你……

我委屈极了，知道得多有错吗？就是书呆子吗？指出你犯的一个低级错误——佚名不是一个人的名字，就要当我是死对头吗？我忽然希望有个大将军的魂粒能进入我的脑海，让我好好反击一次。

15

一讲完“烂柯人”的典故，刘禹锡的魂粒便消失不见了。异星人倒是收起了凌厉的眼神，不怀好意地对我挤出了笑容。

异星人：是不是在我们到来之前，有别的异星人来过，而且也下过时间之雨？

我：此话怎讲？

异星人：你们口中所谓的神仙，不就是我们这些科技远胜于你们的异星人吗？这个王质显然是遇到了异星人，而不是神仙。

我：这不过是你们的推测。

异星人：绝不是推测！在你们的古诗词中，多次出现异星人存在的证据。当然，证据隐藏得很深，一般人难以察觉。

我：能再举个例子吗？

异星人：知道佚名吧？这个人很有名，我翻过你们的典籍，他的著作非常多，可谓天下第一，前无古人，后无来者。

我：佚名其实是——不知道名字的意思。

异星人：反正有个佚名写了一首诗，叫《采莲曲》，里边有这么几句：鱼戏莲叶东，鱼戏莲叶西，鱼戏莲叶南，鱼戏莲叶北。

我：鱼儿很调皮，写得很生动。

异星人：不！这里面的莲叶说的其实是原子核，而鱼，其实是暗指核外电子。电子的行踪飘忽不定，它的运动是不连续的，故而只是一团概率云。在你们地球的现代物理学之父出生一千多年前，就出现了包含微观物理知识的诗歌。如果不是异星人来过，又该如何解释？

我：……

异星人：我们初步判断，这个王质和你一样，是个奇人，体内自带一种罕见的超强免疫力，因此时间之雨对他完全没有影响。要不然，烂的就不是他的斧头柄，而是他的血肉之躯了。

我：……

我的内心出现了一种声音：不能说，不能说，绝对不能说。我哪是体内存在什么罕见的超强免疫力，我不过是被人欺负得够呛，没能去亲身感受时间之雨的瑰丽而已。

异星人：老实说，我们自己虽能制造时间之雨，却也无法对抗时间之雨，所以我们接下来要给你制造些疼痛。

我：你的意思是，让我因为疼痛而流泪，而我的眼泪里就带了对抗时间之雨的免疫基因？

异星人：聪明！

我：你们想得到这种基因。

异星人：没错！时间之雨是种极其危险的武器，它可以帮我们消灭其他文明，最终称霸银河系，但一个不小心，也会毁灭我们自己。所以，我们一直在找你这样的人，你是我们征服银河系的一块拼图。

我：你们不是还有一个满脸胡茬的大叔。

异星人：我们刚刚查明，他不过是个流浪汉，当时躲在垃圾房里翻找隔夜食品，这才躲过了一劫。

我：……

异星人并没有拿出什么刑具，他们不过是伸出了自己的触手，用力地对我的四肢进行绞缠。我忍了好久，可眼泪还是即将漫出眼眶。

16

我这一生，哭过多少次，已经记不得了。但最伤心的那次，无疑是在时光之雨下下来以后。

在我的内心，曾经无数次地画过小圈圈，诅咒班上经常欺负我的小霸王吃泡面没有调料包，上厕所忘了带厕纸，但当他突然垂垂老矣地倒在我面前时，我的心里忽然又充满了同情。

教室走廊的屋檐下，原本有一个属于燕子的幸福小窝，就在一节课前，我还能听到老燕携雏弄语。可现在，燕子的窝化作了齑粉，燕子一家也变成了化石的模样。对于我这个曾捕捉到元好问的魂粒的人，看到此情此景，心中的伤痛简直无以言表。

收养我的孤儿院院长最爱戴着帽子在雨中跳舞了。这场时光之雨他一定不会错过吧？那一定也是他生命中的最后一舞吧？

还有班上唯一帮过我的木三，他居然躺在篮球场上，爬也爬不动，话也说不出。我真想帮他一把，可我背得动他吗？

我又想起了那个脸都看不清的流浪汉。有一次我的馒头被人抢走了，是他给了我几枚从垃圾箱里翻出的硬币。他居无定所，是不是彻彻底底被时光之雨淋了个透呢？

17

有了！对方不是想得到我眼泪中的超强基因吗？而我的眼泪中不就只有不争气的基因、爱哭的基因、懦弱的基因吗？如果他们也受到这些负面基因的影响，应该会失去消灭其他文明的野心吧？

一想到这里，我便不再忍耐，而是用力地哭，拼命地哭，哭到眼瞎也要哭，断气也要哭！

去你的异星人，去你的消灭文明，去你的称霸银河系！

18

我看到眼前有光点在飞舞，就好像萤火虫一样，但究竟是什么，我就弄不明白了。

我听到耳边好像有好几个声音。好奇怪，明明不该有的呀！怎么会有呢？我更弄不明白了。

我，我为什么一点儿都动不了？

噢！我想起来了，真的——出事了！

19

“大副，我们还有多少营养液了？”

“报告船长，确实不多了，只剩几袋了，我们有好几个人呢……”

“不管了，再拿一袋来，给他续上，否则他会不行的。”

“可是……再给他的话，我们自己怎么办？这可是颗无人星球！”

“拿来吧，救人救到底，别忘了我们此行的目的！”

“是，船长，听你的！”

“技术员，我们的电能储备情况如何？”

“主电池只剩最后16%了，如果只剩下6%的话，系统就要报警了。”

“那就再贡献8%出来吧，请你继续对他的大脑进行全方位立体扫描，要进入更深的层次，使用更精细的方式。”

“可是……如果那样做的话，电池很有可能难以支撑我们自己返航。再说了，唤醒他的希望本就十分渺茫。”

“我们本就是太空救援船，救人是我们的天职！先把所有的顾虑都放到一边吧，不试试怎么知道有没有希望呢？”

“是！”

…………

“技术员，超深层次的全脑立体扫描结果如何？”

“报告船长，这次的结果十分详细，有突破性进展。分析显示，这位少年拥有——拥有极多种类的人格。”

“极多是多少？”

“至少是几百种。”

“不可思议，前所未见，闻所未闻。”

“扫描显示，这位少年的性格十分孤僻，几乎没有人愿意和他交朋友，所以他大多数情况下，只和不存在的人交朋友。”

“我有点不明白了。”

“他很爱读诗，常常把自己想象成各位诗人，杜甫啊，元好问啊，刘禹锡啊；也会把自己想象成虚拟人物，霹雳贝贝啊，钢铁侠啊！这些年，他就喜欢一个人玩这种扮演许多人的游戏，以排遣内心的落寞和孤寂。他还真是一个可怜的人啊！”

“怪不得扫描过程如此艰辛，需要用那么多的能量。”

“但也是因为他的超多重人格，才让他有了过人的求生意志。要不然，遭遇了那么严重的船难，受了那么重的伤，早就不在人世了。他让我想到了孙悟空。这只神通广大的猴子因为会七十二变，也就有了七十二个脑袋，所以可以自信满满地和三个妖怪玩危险的砍头游戏。但是，他毕竟不会法术，所以昏迷至今。”

“还能有什么办法唤醒他？”

“只有一个办法——拆掉我们飞船的通信组件，将其改造为超域脑波交流器。我们的通信组件用的是灵力星球的通灵金属，有神奇的沟通作用。我们可以假扮成他此刻正在幻想的邪恶异星人，与他进行直接交流。只要我们假装被他战胜，他就有可能醒过来。不过也只是有可能而已。只不过，如此一来，我们就要彻底与外界失去联系了！”

“动手干吧！别忘了，我们是太空救援船。”

“可是——我们自己谁来救？”

“别‘可是’了，他在流泪，而且越流越多，这说明他对外界的刺激还有反应。我们可以先用通信组件向外发送一条求救信息，然后不惜一切代价，全力救人。要相信，宇宙间，还是好人多！”

“是！”

20

我报名了A星计划！

我是非常坚决地报名的，尽管我知道移民太空很可能有去无回。事实上，我也是唯一的报名人。这很正常，我一直都是一个人。正因为是一个人，我才可以无牵无挂地离开地球，去一个九死一生的地方。对于孤独的人而言，在哪里还不是一个样？更何况，A星没有居民，没有人欺负我，没有人取笑我。

踏上这艘小小的飞船时，我只带了几样东西：一本《霹雳贝贝》，一本《唐诗宋词元曲》，一本《牡丹亭》，一张《莫斯科没有眼泪》的唱片，一些我躲在角落里的照片，还有一包遥控汽车的碎片……

那些书是我的挚爱，那张碟片我很爱听，可我还是一直流泪。那些照片里有我讨厌的人，但我有时候也会觉得他们并非坏人，至于那一包遥控汽车的碎片……毕竟也是我一生中很少有的别人给予的爱啊！

上船的那一刻，我爱极了它们。它们是我与地球的纽带。

然而，预料中的九死一生却变成了十死零生。飞船没能软着陆，硬着陆的它摔得面目全非，我也被甩出去很远很远……

21

我醒了！

是他们把我唤醒了！

为了唤醒我，他们几乎耗尽了自己的营养液、电能储备，甚至还牺牲了自己的通信模块。而我留给他们的，却只是几本书、一张唱片、一些我躲在角落里的照片，还有一包遥控汽车的碎片……或许，还可以加上我在长长的昏迷过程中做的那个怪梦。那个怪梦一定可以写成一篇出色的小说，甚至还有希望获得诺贝尔文学奖。

“对不起，为了我一个人……”我哽咽着说不出话来。

“不，你不是一个人，永远都不是！”船长说。

“是的，你不是一个人！你还有我们！”大副说。

“没错！你不是一个人！你一出事，基地就派我们来救你了！”技术员说。

“……”我无语凝噎，眼角含笑。

那天晚上，我们就这么坐在A星荒凉的地面上，捧着那几本书，听着音乐，拼着破碎的遥控汽车，等待黎明的到来。

我们都知道，那或许会是我们人生中的最后一个黎明。

A星的日出，会不会比地球上的更美呢？

22

A 星的日出，果然比地球上的更美！

双日凌空，一个大，一个小；一个红，一个绿，美！

天边的云彩也美，缭缭绕绕，虚虚实实，美！

远方的地平线上，一株株蒲公巨英拔地而起，毛茸茸的白色种球几乎快摸到云彩了，美！

脚下的地上则爬满了娇嫩的银杏草，轻轻地为我们扇风，美！

双日之间，忽然出现了一个时不时会闪着金属光泽的小黑点！

是呀！对于我们而言，此刻的这个小黑点，最美！

这是我第一次说“我们”。

是的，我不是一个人。

绿色瞳孔

楔子

是的，我们很快就将一起死去，尽管我们并未死去。

无论你有什么颜色的眼睛，它都不可能再睁开。

梦幻时代

我出生在公元 2212 年 12 月 31 日的深夜。几乎在同一时刻，全世界仅剩的一头蓝鲸在温暖如春的上海海洋馆中永远闭上了眼睛。

它是饿死的。

它不仅是世界上最后一头蓝鲸，更是世界上除人类外的最后一只脊椎动物。

它的死亡，宣告了梦幻时代的正式结束。

是的，我甚至还没有学会哭和笑，那个曾经无限美丽，后来又无限诡异的时代就这么戛然而止了。

…………

梦幻时代始于公元2013年，终结于公元2212年，历时两百年整。

当然，我所有关于梦幻时代的了解都源自电视和书籍。我们这个时代的电视，已经和200年前的大不一样了。它不仅有三维的视觉纵深，更是融入了触觉、味觉和嗅觉，与身临其境无异。至于我们的书籍，更是达到了科技的巅峰。乍看起来，它只是一个金属盒子，但把盒子展开，盒子的四个边就会发出几十道射线，将书中的内容以立体影像与声音交汇的形式进行全景重现，与电视相比，仅仅是尺寸上的不同而已。

我现在的喉咙很沙哑，眼睛也很酸疼。为了在我闭上眼睛之前能顺利把整个故事讲完，我就长话短说了。

您或许不信，梦幻时代的开启根本毫无征兆。

2013年的元旦，一位名叫扁船师太的博士突然宣布了一个震动世界的消息：他的“框杷实验”成功了！

所谓“榧杷实验”，就是将红豆杉科的香榧和蔷薇科的枇杷的基因进行重组，合成一种全新的春天结甘甜可口的枇杷果实、秋天长松脆美味的香榧子的全新植物。要知道，香榧属于裸子植物，枇杷属于被子植物，两者的亲缘关系甚至比螃蟹和长颈鹿的亲缘关系还远。如此疏远的两种植物能融为一体，简直就是神话。其难度，比让狮虎兽拥有繁殖能力复杂十亿倍！

在希腊神话中，有一种一半是山羊一半是鱼类的灵兽，唤作摩羯。而横空出世的榧杷树，对当时的科学界而言，也不啻是植物界的摩羯！

扁船师太博士从此声名鹊起。这也让研究原本方兴未艾的天体物理学、量子物理学的科学家们黯然失色，他们甚至一大半都失业了。在大笔资金的支持下，扁船师太博士的团队很快就重组了地球上几乎所有的植物物种。那些植物均通过了多个国际组织的安全认证，从此开启了一个魔幻般的梦幻时代！

在立体书籍营造的曼妙幻境中，我有那么一刹那，也是深深迷恋梦幻时代的。

梦幻时代的一切植物名字前头都要加上“梦幻”两字。比如苹果，在那个时候叫作“梦幻苹果”。这种苹果着实梦幻，不仅直径有一米，而且表皮比鸡蛋的那层膜还要薄，在太阳的照耀下，闪耀着彩虹般旖旎的光泽。我敢打赌，要是牛顿当年坐在那样的苹果树下，是一定不会发现万有引力的。因为，被那样的苹果砸中的感觉是那么美妙。它会先在你的头顶跳跃几下，然后表皮破裂，里面香醇甘甜的汁液会霎时如春雨般落下，等于给你做了一个免费SPA。我猜想，牛顿一旦体会到被苹果砸中的美妙感觉，一定会第一时间跑到心爱的女子跟前，对她说："亲，跟我来，我可以让你今年30岁，明年18岁……"

确实很美吧？不过，越是美好的东西就越容易破碎。

从小到大，"梦幻"一词，最先令我联想到的就是空中浮动的肥皂泡，而肥皂泡的寿命往往不会超过一分钟。在我眼里，梦幻时代就是一个肥皂泡。

梦幻时代的蜜月期虽然比一分钟长，但也仅仅持续了十年而已。

十年后，梦幻植物的弊端就如山呼海啸般，以指数级的程度显现了出来。由于添加了无数抗虫、抗鼠害等的基因，全球的所谓"有害生物"开始了大灭绝。紧接着，以捕食这些有害生物为生的其他动物也由于食物的锐减开始灭绝。这种链式的生物大灭绝如同推倒的多米诺骨牌一样，一发而不可收。

…………

2213 年 1 月，所有的鱼类灭绝。

2213 年 2 月，所有的昆虫灭绝。

2213 年 3 月，所有的软体动物灭绝。

…………

2213 年 12 月，所有的浮游生物灭绝。

2213 年 12 月 31 日 23 点 59 分，最后一头蓝鲸饿死……

素食时代

梦幻时代的结束，宣告了素食时代的开启。由于没有了动物，人类只剩下植物可以食用。我生活的这个时代，便顺理成章地被称为素食时代。

我听说，在遥远的古代，只有僧侣才每天食素，十分清苦。而如今，所有的地球人竟都要沿用僧侣的生活模式了。

我一出生，便没有听到过黄鹂悦耳的鸣唱，也没有摸过憨态可掬的波斯猫，更没有见过五彩斑斓的蝴蝶。

虽然大人给我买了很多逼真的玩具，它们由精微的电脑芯片控制，不仅手感和真实的极为相似，表情也十分丰富，几乎与前一个纪元的真实事物无异，但依然不能弥补现实中的缺憾。

我总是坐在一尘不染的无菌客厅里叹气。大人们总是说，你呀你，才一岁大，就跟活了一百岁似的。

科学家们说，素食时代也是极其危险的。作为动物大灭绝中唯一存活的种族，人类的生存也面临着前所未有的挑战。然而，我很清楚，人类最害怕的并不是遭遇同那些动物一样的命运，而是面临那种前所未有的孤寂。

素食时代的第二年，整个地球就不安定了。由于生活中没了动物，哪怕一只昆虫的陪伴，大家的脾气因为烦闷而暴躁起来。

开年的前两个月，每天都有无数人在联合国的大门口游行示威，不断追问：当年的联大是如何批准扁船师太博士的实验计划的？是不是潜藏着什么阴谋？

声音汇成了声浪，声浪又变作了声讨的汪洋。人们空前团结，一定要联合政府给出一个合理的解释。

望着量子电视中的画面，我无奈地笑了笑：都时过境迁了，扁船师太博士早已化作一抔黄土，即便你们叫嚷得再凶，他能听得见吗？！

新任的联合国秘书长在公民们的千呼万唤下，终于从他先进的办公室里走了出来。他口才虽然不佳，但说的每句话都是那么振聋发聩：“男士们，女士们，我可爱的公民们，我只想问你们一句，你们如今在这里示威有用吗？不回去授粉，你们连植物都没得吃！”

联合国秘书长的话一说完，大家的肚子突然咕咕咕地叫了起来。那声音也由单一的音节最终汇成了狂想曲。

人群终于一哄而散，各自回家种地去了。而联合国秘书处也以最快的速度颁布了一份全球人类工作法案。

不错，由于昆虫的尽数灭亡，为了让植物继续繁衍，所有虫媒植物的授粉工作都落到了人类的头上。

一岁零三个月的时候，春风飘然而至，我终于学会了走路，并能保持平稳，不至于经常摔倒。但这时，我已经到了新拟定的法案所规定的男孩必须工作的年龄。我必须离开家，和同龄的孩子，奋战在为植物授粉的第一线上。

一岁零三个月，这在从前是多么小的婴儿啊。可现在，我们必须成为劳动力了。可悲啊！

我工作的地方离家有100公里，是一个广袤无垠的农场，里面种着许多玉蜀黍。在梦幻时代以前，玉蜀黍也是风媒植物，但经扁船师太博士改造后，它便成了美轮美奂的虫媒植物。连水稻都成虫媒植物了，更何况玉蜀黍呢！

因此，本来风就可以解决的授粉，变成了我们孩子的事业。

与身边的孩子相比，我的语言天分是显而易见的。因为我不满 8 个月就开口说话了。但是，我依然很难分清楚我们的领队“玉叔叔”和“玉蜀黍”的区别。

虽然与梦幻时代相比有所退化，但素食时代的玉蜀黍依然有 30 多米高，每个玉蜀黍棒子都是我们体重的几倍。我们必须戴着安全帽，才能确保生命安全。

我们第一次来到农场的时候，就被这些参天的玉米震惊了。它们一株株拔地而起，形成了一个硕大的翡翠魔方。而我们看起来，只不过是魔方上的一个点。

因为玉蜀黍棒子长得实在太高，我们必须借助威亚的起吊才能授粉。于是，我们的身上一个个都缠着细长的钢丝，在起起落落中完成自己的工作。

一天的工作下来，我们的身上都是钢丝留下的瘀痕，青一块紫一块的。没有人上药，没有人安慰，我们只能忍着，忍着。

我们明白，我们决不能退缩，这不是虐待孩子，而是整个时代的悲哀。

我是看过 230 年前的香港武侠影片的。因此，当我感到万分落寞的时候，经常把自己幻想成飞天遁地的侠客，以解心中的愁苦。工作了3个月后，一个两岁的大哥哥因为不堪工作的劳苦，在工作时故意松开了威亚的保险，从26米的高空摔了下去。

那残酷的场景，我至今想来，依旧觉得心有余悸。因此，每到休息的时候，我就把自己看的武侠电影介绍给身边的孩子们。渐渐地，他们都变得坚强起来，工作再苦再累，也没有轻生的念头了。

时间一天天地过去，但在我看来，每一天都有一年那么长。我很羡慕两百年前的孩子，他们虽然被书山题海压着，但生活毕竟没有我们这般辛苦和单调。

3岁的时候，联合国秘书长带着他的孙女米兰妮来我们工作的农场视察，给我们每人带来了一块过期了两百年的牛肉干——那是在不久前的一次考古活动中发现的。我用乳牙咀嚼着那块坚硬的牛肉干，瞬间觉得那是人间至尊的美味。

“其实，这个东西我自己都没吃过呢，真的能吃吗？”米兰妮一边蹲下身子用石子下着五子棋，一边问我。

“真的能吃！”我掰下一半给她吃。牛肉干从中间断掉的声音很响，“啪”的一声就像打雷。

“嗯，还真能吃，而且味道不错。”米兰妮咀嚼了半天，才把半块牛肉干咽进肚子。

之后，我和米兰妮一起下了一会儿五子棋。我们两个聊得十分投缘，很快就成了好朋友。

“你人真好，我给你我的联系方式吧！”米兰妮笑着对我说道。

“好啊，我也把我的给你。”

说完，她把她的指尖植入电话号码给了我。从此之后，我就和她有了联系。

素食时代的前 17 年虽然很糟糕，但所有的植物还能正常繁殖，人类的粮食也基本没什么问题。但是在我过了 17 岁生日之后，又一场危机来临了。

那是 2230 年的 1 月 2 日，全球有雨。雨绵绵密密地下着，到 6 月 1 日那天都没有停歇的意思。全球的植物都染上了一种怪病，开始了群体性的枯萎。并且，这种枯萎无药可医。由于这些梦幻植物的种质资源随着扁船师太博士的死亡而消失，克隆这些植物也就成了奢望。

你能想象到那样的场面吗？数万公里的庄稼都枯萎了，天地间一片黄色。然而这种黄色，又偏偏不是死亡沙漠的颜色，而是树木将死的颜色。

将死，是不是永远比死亡更可怕？

不用说你也知道，素食时代结束了。

人植时代

由于粮食危机，全球又陷入了一场恐慌。在没有能力解决植物死亡问题的情况下，人们只得食用腐败的根茎，抑或是观音土。古籍上说，几千年前，人类在饥荒时也食用过观音土。不承想，这一幕，今天重现了！

米兰妮身在联合国的总部，却一直记挂着我那里的状况。她每天都要给我发几十条短信，那些短信就呈现在我的指甲上。

别奇怪，我们那个年代的手机就是这样的，大拇指可以接听电话，指甲盖可以阅读短信和彩信，而芯片就植在虎口那里的软骨中。

然而我很清楚，相比我这里，她那边才是最危险的，因为这一次，示威的人明显比十六年前更多，态度也更坚决。人群冲击着联合国的广场，连外面的雕塑都快被挤歪了。

终于有一天，米兰妮告诉我，她快支撑不住了。

我则安慰她："别害怕，一切都会过去的。还记得当年一起吃的牛肉干吗？说不定古人在地下埋了数万亿吨的食物呢！"

几番安慰之后，米兰妮终于又坚强了起来，表示会来我们的农场找我，并会提示自己的爷爷带领军队去地下寻找食物。

米兰妮果然把这个方法告诉了他爷爷。经过一夜的联大会议，他爷爷认可了这个方法，授命军队开始实施。

军队的行动是高效的，命令一下，全球千万军人开始了一场寻觅地下粮食的行动。无数的探头开始往地球深处钻探，超过任何一次寻找钻石和石油的行动。然而我们都明白，地下的希望远比钻石更珍贵。

只可惜，这个行动持续了数月，依然毫无结果。而这个时候，腐败的根茎都快被吃完了。

正当全球人类陷入极度绝望的时候，联合国秘书长突然发布了一个消息：

全球的子民们，你们好！

我们刚才在地下找到了伟大的扁船师太博士留下的仪器和说明书，还有他留下的70亿份种质资源因子。他留下的仪器叫作人植合并机。只要植入那些种质资源因子，你们自身就能进行光合作用，再也不需要任何食物了。

“哦！伟大，好伟大！”在那一刻，扁船师太博士几乎成了全人类眼中的神。

在几乎所有人都对这个伟大的发现拍手称赞的时候，我心中是有八九分的质疑的。既然动物和植物的细胞都能融合，为何不让这些种质资源直接恢复为植物呢？若人类什么都不用做，站在太阳底下就能吃饱，那若干年后，人类的四肢岂不是要退化，变成一团团肉泥？

事情并没有朝我担心的方向发展，但最终的结局却比我所担心的更可怕。

我在接受种质资源因子的时候，米兰妮已经来到了我的身边。她和我同龄，身材颀长，长发披肩，蓝色的瞳孔中散发着青春的气息，很是美丽，令人心醉。

她笑着问我："你准备植入哪种因子？"

我说："就 ZT0102 号吧！"

"好呀！我也植入 ZT0102 号！"

植入种质资源因子的过程很迅速，除了一开始有些痛苦之外，其余时间仅仅是有些麻痒。不过由于种质资源因子必须植在眉心，因此手术完成后，我们两个都像神话故事中的杨戬一般，长出了第三只眼。

那是一只救命的眼，用来合成营养元素的眼。

这场全球性的人植合并大手术一共持续了一个月。一个月后，大家的生活又恢复了平静。

然而，我却隐隐觉得，这种平静不会长久。

绿色瞳孔

18 岁那年，我决定和米兰妮结婚。当年的玉叔叔决定做我们的证婚人。然而，仪式仅仅进行了一半，玉叔叔的身体忽然发生了惊人的变化：他原本微黄的皮肤突然变成了褐色，并没有多少皱纹的皮肤也一下子松弛了起来，并一片片剥落。然后，他的头发竟变成了绿色。再后来……

天哪，他竟然在几分钟内发生了全身性的木质化，变成了一株香樟树！

我这才想起书中的知识！

动物细胞与植物细胞的区别之一就是有无细胞壁。在我们植入种质资源因子后，细胞壁就在我们体内宿存了。只不过最开始我们并没有感到不适，等感到不适的时候，它已经将我们反噬了。

不仅仅是玉叔叔。

通过指甲上的即时新闻，我们得知全球各地无数的人都在同一时间发生了同样的病变。发病的过程基本相同，只是变化的结果有所不同。有的人变作了花，有的人变作了树，有的人则变作了草……

我紧紧抓住了米兰妮的手："怎么办？我们也会有同样的命运！"

"该是怎样的命运，便是怎样的命运了。反正我永远和你在一起。"

于是，我们抛下了所有的宾客。不，应该是所有已在形成或者将要形成的宾客树，飞步跑到了当年一起吃牛肉干的地方。我们还没来得及调整呼吸，就感到自己的身子在渐渐地发生变化。

是的，我们正慢慢变作两棵缠在一起的紫藤。因为ZT0102号的种质资源因子就是紫藤！

我和米兰妮闭上眼睛的刹那，土里突然冒出了一个既陌生又熟悉的身影——传说中的扁船师太博士。

他嘴角狞笑着，不知所为何事。难道他没死？难道地球真的只是外星人的一个实验基地？

然而，我还是不得不闭上了眼，和米兰妮一起闭上了眼。

我们还未死去，因为我们依然有知觉；但作为一个人，我们已经死了！

用不了几分钟，全球几十亿人都会变作植物，而地球也会重新披上绿色的盛装！整个地球，将成为一个绿色的瞳孔，虽然迷人，但只会迷茫地向宇宙的各个方向眺望。

是的，它什么也不可能看见，只会在那个椭圆形的轨道上瑟瑟发抖，直到太阳的氦闪将其吞噬，又或者开启下一个生命的轮回……

幸运的是，我终于在闭上眼睛前，通过手指上的芯片将这个故事以电波的形式发送了出去。或许它会飘向比邻星，又或许它会穿越时空的虫洞，飘向两百多年前的地球。但愿接收到故事的人还生活在 2012 年……

那样的话，他们就能阻止扁船师太制造的灾难。

人植纪元

1

要是我的记忆没有因为这次诡异的太空旅行而出现问题，那么我可以确信，在我接受X计划的前一年秋天，也就是2013年，我的手机曾收到一条异常简洁又异常神秘的短信：嗨！知道吗？其实，我们都错了！

我们？是说我们这个科研团队？还是说我们这个城市的居民？还是泛指我们全人类？

当时的我，对此显然没有任何答案。

…………

给我发送短信的人名叫明诚，精英男性，46岁，著名天体物理学家和宇宙生命学家。

不过，在发出短信的一分钟后，他居然死了。

等我听到噩耗，驱车赶到他的实验室时，他躺在实验室洁白的地板上一动不动，动作自然，神情安详，完全没有被谋杀的痕迹。仿佛他只是因为贪凉，而有了孩童似的行为。他的一只手拿着手机，拇指正牢牢地按着发送键；另一只手则拿着一截西洋参一样的木质物体。

是的，“嗨！知道吗？其实，我们都错了！”就是他的死亡信息！

可是，这条信息究竟藏着什么秘密呢？

事后，警察来了一拨又一拨，法医看了一回又一回，都没有查出他确切的死因。有个年轻的警察甚至认为，明诚博士是因为开心过度而暴毙。这想法，当然得到了我们整个行动小组的一致鄙视。

为了查明真相，我又带着那个木质物体进了实验室。只可惜，我还来不及对它进行化验，它就化作了一团灰烬。

它，自燃了……

一阵白烟后，玻璃器皿上只剩一点灰末。

再后来，我们就没日没夜地为X计划做准备，几乎把明诚博士的死都淡忘了。

终于，X 计划正式实行了……

2

黑暗，无尽的黑暗。我想睁开眼，但是尝试了多次，却还是不行。

“醒了吗？”我的耳边突然出现了一个男子冰冷的声音。声音很小，似乎还隔着什么奇怪的屏障，听起来嗡嗡嗡的。

“没醒！”另一个声音也是怪怪的，判断不清距离。

“已经昏迷上百年了，他还会醒来吗？”

“管他会不会呢，直接埋到土里当化肥就行了。他的生命维持系统那么消耗能量。”

“可是，他的心跳还在继续，他的脑电波也依旧有微弱的信号。按照联合政府的法律，我们这么做，属于谋杀！”

“没人会知道的。只要轻轻拔一下插头，他的供氧系统就终止了。我们可以推脱说，是突然发生的能源跳闸，导致了电脑的故障……”

“好主意！”

“嘟嘟嘟”，伴随着一阵短促的警报，供氧系统终止了运作。

“这么一来，可以省下很多能源啊！”

“是啊，是啊！再说我们谋杀，简直是狗咬吕洞宾。养他一个活死人，得让多少活人受苦啊！”

“是啊是啊！”

哦！明白了，我们的X计划成功了。在这段对话的不断刺激下，我终于从迷迷糊糊中彻底醒来，眼睛也能睁开了。我眯眼瞅了瞅外面的世界，见自己正躺在一百多年前的那个胶囊型空间里，而说话者是两名年轻的医护人员。

两人交谈得正兴起，我却忽然从那个狭小的空间坐起，脑袋“砰”的一声，重重地砸在那个透明的罩子上。

“天哪！鬼来啦！”方才交谈甚欢的两名医护人员发现了异动，吓得发狂似的逃了出去。

“胆小鬼！”我揉了揉脑门，轻轻一笑。

这个狭小的胶囊型空间的开关按钮就设计在里面。我转过头，在枕头旁边三寸的位置按了按，头顶的透明罩子立马徐徐开启。

“回家真好！”在地球大气的环绕中，我伸展了一下四肢。除了手臂有些酸麻外，身体没什么大碍。我又深呼吸了几口地球的空气，便从那里跳了出来，踩在了地板上。

“哦！我终于回到这个地球了！”踩着熟悉的地面，我忽然有种莫名的兴奋，眼泪夺眶而出。

此时，院长也被惊了过来。望着安然无恙的我，他喜极而泣：“成功了，成功了……”

是啊，X 计划成功了！

但其实，这计划本该是不可能成功的。

3

和蔼可亲的院长带着我出去吃饭。看相貌，我得管他叫大叔，可事实上，我比他的曾祖父年纪还大。我生在公元 21 世纪，他却生在 25 世纪。

一路上的风景并不怎么好。我出发时的高楼大厦不见了，取而代之的是一些小平房，还有一些坑坑洼洼的小山和一些七零八落的植物。

“院长，地球文明好像倒退了啊！”

“嗯，战争毁掉了很多的资源，毁掉了很多的房子。当我们再次意识到和平的重要性时，太阳却发生了剧烈的变化。”

“太阳发生了变化？”

“嗯，你抬头看看月亮就知道了。”

我抬头看了一眼月亮，自己也倒吸了一口凉气。院长的身上带着便携式的空气质量检测器，如果它的监测没错，今天的空气应该是极好的：PM2.5 指数只有 12！

其实也不用监测。对于污染，感受最灵敏、最直接的莫过于自己的身体了。这种清新到极致的空气，在我生活的 21 世纪，只有欧洲的一些小村落才有。

月亮很圆，但很暗。我想，若是古人望着这样的月亮，是吟不出“床前明月光”之类的诗句的。在我离开前，满月的视星等是－13，可现在，顶多只有－8。

“太阳比我们预计的老得都快，它的氦元素正指数级地消失，体积也不断变小，至于光度，自然一下子就暗了许多。由于引力也随之减小，八大行星的轨道都往外推移了。在你离开地球前，日地距离是 1 个天文单位，也就是 1.5 亿公里。如今日地距离已有 4.5 个天文单位，足足有 6.75 亿公里。当初太阳表面的光 8 分钟就能到达地球，如今却要半个多小时。众所周知，月球的光亮来自太阳的反射。太阳都黯淡了，更何况月球呢！”

“是啊！很多恒星的生命轨迹都比我们当时设想的更为复杂。这样的情况，我早就见识到了。”对于院长的话，我没有丝毫的惊讶。

“你早就……”院长对我的淡定极为惊讶。

“嗯，我去的地方，早在1000年前，就发生了同样的事情。”

“真的？那请您老讲讲那里的故事。”

“别‘您老’了，就叫我的名字吧。其实，我们两个究竟谁大谁小，已经很难衡量了。”

“那就请无忌先生讲讲这次X计划的经历吧。”

“好，我也想找人倾诉下呢！”

4

故事还是要从四百年前的2013年说起。

2013年对于地球人而言，是新鲜的一年。当时的地球人，有不少被玛雅预言困扰，认为2012年世界会毁灭。因此，当2013年如约前来时，人们的心情格外激动，仿佛得到了重生。

我是一个科学家，当然不会被怪力乱神的预言困扰。因此，我并不属于那一部分人。

不过，对于我而言，2013年显然有着更重要的意义。

2013年，我敬爱的明诚博士暴毙了。他死之前，一直在研究两个重大的全新科研项目。一个是人体的瞬间转移，一个是类地行星和生命的寻找。这两个项目有很大的关联性，因此被并称为 X 计划。

2013 年的夏末，明诚博士的人体瞬间转移机就已经基本研制成功了。那是一个狭小的胶囊型的空间，采用了非磁性的超强化物质。人一旦进去，机器便可以制造出一个超越地球 3000 倍的磁场，然后把人体扫描成多达 500 万亿 GB 的精细到原子核大小的数据。这些数据若是做成 4.7G 的光碟，可以堆满 1 万幢金茂大厦。所有人体数据扫描完毕后，它会放射出强大的 X 射线，把这些数据发射出去，并在异地进行重组……

X 计划是明诚博士毕生的理想。他死了，他的实验自然不能停止。这个实验的志愿者便是我。

可当我坐进那个空间躺下时，我才发现，这个实验的关键一环出了问题！

人体的瞬间转移必须由数据扫描、数据发送、数据合成三部分组成，可现在，明诚博士只制造了一部机器，并没有第二部机器进行接收。这就意味着，我的身体会被拆成无数的物理碎片，消散在宇宙空间。

“嘿！停下！”我心里默喊着。

可是，已经来不及了。我的身体已经进入了被扫描的状态……

实验还在继续。三天之后，我的身体被彻底扫描了一遍，那些惊人的信息也排着队列，往比邻星的方向飞去。

“既然这些信息我们已经无法接收了，不如发往比邻星。或许那里有一颗我们未曾发现的行星，而那个行星有类似的机器。”这是我后来看了当时实验人员的日志才知道的。很感谢他们当时的灵机一动，不然我就真的死了。

人体瞬间转移是一种奇特的转移。原来的机器只是复制了我，并没有剪切我，因此发射了信息后，我的身体依然存在。但由于只能有一个大脑处于被激活状态，因此被扫描的原来的我只能陷入长久的睡眠状态了。

实验人员的猜测果然没错，比邻星果然有类似的机器。而我，在多年以后，在那个机器中，被顺利重组了出来。

但在那些冗长的数据飞行的四年多时间里，我真的没有任何记忆。完全没有！那四年，是我记忆的空白期，黑洞般的空白。

能被比邻星的相同机器重组出来，真的很幸运。打个比方吧，这简直比在地球上甩出一把匕首，击中遥远的仙女星系中某颗行星上的蚂蚁还要幸运。

当然，事实上，匕首飞那么远是不可能的。

我之所以这么打比方，只是兴奋得忘乎所以了。要知道，比邻星一直被认为可能只有一颗大行星，而且必然没有生命存在。可事实上，他们并没有发现掩藏在大行星轨道旁的一颗小行星，而它上面有生命。

很多生命都是秘密。我敢打赌，就算当时的地球望远镜再精细 1 万倍，也未必能发现某些行星上的生命。所谓类地行星，本就是一种荒唐的理论。

很多生命到了一定的程度，因为某种原因，是会把自己掩藏起来的。这原因有很多种，其中之一，或许就是安全！

明诚博士不是说了？

“其实，我们都错了！”

5

“欢迎你来地球，我是翡翠城的兰斯博士！”打开舱门的刹那，一个长着绿色头发的中年男人和善地对我笑着，伸出了结实的大手，“我偶然间从四光年外的蓝星接到了一束强烈的信号，就私自按了接收键，不会半途把你截来了吧？”

“怎么会呢！没有你，我还不知道怎么办呢。对了，你说这里是地球？难道……我又回去了？”

“哦！很抱歉，忘了解释了。几乎所有高等智慧群体都把自己称为人类，并把自己居住的行星称为地球，也称呼自己的恒星为太阳，这或许是宇宙智慧体不约而同的一种默契。”

“原来如此！”我擦了擦额头的汗，“你说我们离你们有四光年，那你们是比邻星系统的行星？”

“是啊！”兰斯博士笑着向我大致介绍了一些情况后，又热情地发出了邀请，“我带你出去走走吧，也好熟悉一下这个世界。”

“谢谢了！”

…………

“你们的太阳看上去很像我们的月亮啊！”兰斯博士带我出门遛弯时，我瞧出了一些异象。

“嗯！因为那颗没有生命的内侧大行星和我们的小行星轨道同步，并且位置接近，因此它永远挡住了太阳发出的99% 的辐射，因此太阳永远只是一个弯钩的形状。”

“我记得，你们的星系有三颗恒星啊！为什么我只看到了一颗？”

“呵呵，你是说三体问题吧？那个问题有特殊的、最简单的办法可以解决。所以，我们只能看到一颗恒星。”

“什么办法？”

“这个，不能告诉你。”

“可太阳的光照那么少，你们怎么生活啊？这种光照，同我们的黄昏时分差不多，太暗了。”

“该怎么生活，就怎么生活呗！习惯成自然嘛！说不定我们到了你的星球，也会觉得奇怪的。”兰斯博士的话简短而有力，且十分有道理。

胡侃了一会儿后，兰斯博士热情地把我带到了他的家里，并向我介绍他的家庭成员。他有一个儿子，一个女儿，此时，他们都只有六七岁，正是天真可爱的年纪。

“来，叫叔叔！”

“叔叔！”两个孩子的声音很甜美，他们捧着玩具朝我跑来。

兰斯博士的儿子叫阿尧，头发绿油油的；他的女儿叫阿娲，头发红艳艳的，看着都有些奇怪。但是，他们一说起话来，就是一副童言无忌的样子，经常逗得兰斯博士哈哈大笑。

我摸了摸口袋，里面有几块巧克力。很幸运，它们也被完全复制出来了。巧克力来自可可。可可树需要极强的光照。

我料定这个地球上没有可可树，也不可能生产出巧克力，便笑着把巧克力递给了阿尧和阿娲。

两个孩子果然对礼物很着迷。他们撕开了包装纸，舍不得嚼，只是轻轻地用舌头舔着。

“好甜啊，谢谢叔叔！”

“真是好吃，叔叔，谢谢你！”

两个孩子笑着向我致谢。

“真懂事，等下次叔叔回来，再多给你们带些。”

两个孩子十分高兴，一边舔着巧克力，一边跳跃着离开了。

“对了，你夫人呢？”聊了这么久，始终没有看到兰斯博士的妻子。

他指了指栽有一株柏树的土丘：“她在那里。”

土丘？柏树？难道她已经……？

我沉默了，良久才说道：“抱歉，不该问你这个问题的。”

“没事！”兰斯博士并没有多忧伤。这让我隐隐有些奇怪。难道他对妻子的死一点儿也不伤心？

尽管感到奇怪，我还是在兰斯博士家住了下来。兰斯博士人很好，我住得也很舒适。

但是中秋节那天，我却被一个突然出现的女人吓坏了。

6

“什么人？”当我拿着刚刚给孩子们做好的模型玩具出来时，突然看到了一个陌生的女人。她一手牵着阿尧，一手牵着阿娲，正准备出去。

兰斯博士家防卫严密，怎么可能有陌生人闯入？

“喂！站住，想劫持人质吗？你怎么可以把这么可爱的孩子当成人质？”

“你好！你就是我先生的朋友吧？是不是叫无忌？别担心，我只是想带两个孩子出去玩玩。”那女人竟然不生气，反而很有礼貌地转过身，冲我笑着。

“你是……？”

“我是兰斯太太……”

“兰斯太太……你不是已经死了？”

“我死了？没有啊！”

我转头往她的“墓碑”瞧去，惊愕地发现，那株龙柏已经不见了。

“我没死，我只是长眠了几个月。要带这两个孩子，实在太累了，我们必须定期休眠，现在轮到我先生长眠了。”

我再转头瞧花园的另一侧，那里不知何时多了一株银杏。

“那是你先生？”

“嗯！”兰斯太太呵呵一笑，“我们的星球是个能源紧缺的星球，也是一个外星势力觊觎的星球。为了安全和生存，我们早就进行了人植合体。”

“人植合体？”

“嗯！将植物的基因和人类的基因合并。你在我们家也待了很久了，应该已经注意到我们的食量都很少吧？那是因为我们自身就能合成大部分能量，吃东西不过是享享口福罢了。”

“可你们变成了树，岂不是很危险？”

“不危险。每个人变成的树周围都有奇特的时空线，能隔绝物理伤害。”

恰在此时，西方的空中突然发出了爆炸声。

兰斯太太的脸色“唰”的一下变了，赶紧拉着两个孩子，并催促我一道去地下室躲避。

就连已经银杏化的兰斯博士，也迅速变回了人的形态，紧随着我们，最后一个钻入了自家的地下室。

“兰斯博士，兰斯太太，这到底是怎么回事？”回到灯光柔和的地下室后，我简直一头雾水。

“那是邻国忐忑国发射的黑光弹。”

“忐忑国？黑光弹？”我忽然想起了一首叫《忐忑》的

“神曲”，心跳不由得加快了。

“嗯！一种会在空中形成长时间阴霾的新型炸弹，目的就是让我们本就很稀少的光照更加稀少，迫使我们翡翠城放弃边境的一座矿山。”兰斯博士咬牙切齿，“他们每隔一年就要来挑衅一次，真是过分。”

“再这么下去，这个世界真没法生存了。科学家们说，6500 万年前的一次小行星撞击造成了整个地球数千年的阴霾，毁灭了恐龙。如果我们再不停地互相发射黑光弹，整个人类的末日也就不远了。”

“什么？你们的地球 6500 万年前，也是因为小行星的撞击而毁灭了恐龙？怎么和我们的白垩纪一样？”我震惊了。

说话间，地面已经开始响起了连绵的警报：“注意，注意，我们翡翠城也向忐忑国发射了黑光弹，在战事结束前，大家不要从地下室出来，请广而告之！”

兰斯太太摇了摇头：“完了，事情往越来越糟的方向发展了。”

7

“为什么？打仗嘛，本就不该被动挨打的。”

“你错了！我们翡翠城是个小国，但忐忑国是个大国，他们的边缘是广袤的沙漠，因此即便朝他们发射黑光弹，也会被他们的导弹拦截。形成的阴霾也不过位于沙漠的上空，对他们的居民影响不大。”

“怪不得他们有恃无恐。”

“是啊！”

“对了，你们这里的风向如何？”

“哎！要是在夏季，大洋里会形成台风，风是从我们这边往他们那边吹，因此他们断然不敢进攻。但现在情况相反，微风从他们那里刮来，所以，阴霾绝对是往我们这边吹的。”兰斯太太一脸落寞。

兰斯博士补充道：“其实，我们翡翠城的这次攻击太草率了。忐忑国已经算好了风向和风速，所以他们刚才的黑光弹是在自己的领空炸开的。我们贸然反击，其实正好中了对方的奸计。”

果不其然，翡翠城私自向忐忑国发射黑光弹的行径，引起了国际上的一片谴责。接下来的几天，无数国家将炮口对准了翡翠城，迎接他们的很可能是黑暗制裁。

地下室虽然应有尽有，但毕竟不比地面世界自由。而且整个城邦正处于危难之中，因此我和兰斯一家的脸上都写满了不安。

联合国的制裁书没多久就下来了，翡翠城要接受100颗黑光弹的处罚。

“轰轰轰！”伴随着一声声隆隆的巨响，整个城邦笼罩在一片黑暗中。

“该怎么办？”我问。

“等待制裁结束。我们的地下能源应该正好可以应付这场危机。”

“危机会持续多久？”

“三个月！”

“三个月？”

“嗯，或许你很难适应三个月的禁闭，但对我们而言，这只是小菜一碟。不过，我们的地下室有短时冷冻仪，我们把你冷冻起来吧。”

“那再好不过了。不然，三个月非把我逼疯不可。”

由于意识和身体被冷冻，我并没有受到三个月禁闭的折磨。在三个月的制裁期的最后一天，我被解冻了。

将近三个月过去了，我发现，兰斯太太的头发丝毫未变，但兰斯博士的头发却由绿变黄，最后一根根掉落——他变成了秃子。

“博士，你……你难道想模仿孟非和乐嘉？”

“孟非和乐嘉？”兰斯瞪大了双眼。

我挠了挠脑袋，意识到这个玩笑对于他们而言，一点儿都不好笑：“哦！我的意思是，你怎么变成光头了？是不是想更多地反射阳光？”

“哪有！我们不是人植合体了吗？我的植物元素是银杏，因此会和银杏一样，头发变黄，并且凋零。我的太太是龙柏体质，她的头发一边落，一边长，因此几乎看不到变化。”

“简直……太不可思议了。原来，人植合体竟然这么神奇，像魔法一样。”

“头发掉光还算好的，要是我们不服用药物，手臂和双腿都会像树叶离开树枝一样离开我们的身体呢。”

我惊恐地闭上了眼睛，不敢再想象这样的生活。

一天后，制裁完全结束，我们终于回到了久违的地面。

本以为回到地面，就会看到黄昏般的阳光，不承想，外面的阴霾竟比接受处罚时（在地下室通过电视转播镜头得知），更严重了。

“不是说三个月后会好吗？”我愕然了。

“哎！百年来的战事积累的黑光弹阴霾都在大气层中，它们不溶解，不降解。最近的风向诡异，这个地球上所有的阴霾残留都到翡翠城的上空了。我们这个城邦，彻底完了……”兰斯博士敲打着键盘，很快得出了结论。

“是啊，彻底完了。”兰斯太太都快哭了。

“爸爸，妈妈……”同所有孩子一样，阿尧和阿娲的眼里写满了恐惧。

“我有办法！”我忽然想到了一个妙计。

“你有？你真的有？”

“我真的有！”我几乎有八成的把握。

8

兰斯博士是翡翠城最有名的博士，他与城主的关系也很好。在他的引荐下，我见到了城主，并向城主阐述了一个自救计划。

城主听完我的计划，半信半疑：“你能保证这个办法一定行？”

“一定！”

“如果不行呢？”

“不行的话……”

“若要实施你这个计划，我们城邦必须使用特殊储备能源。一旦特殊储备能源也没了，我们的居民就只剩下一条死路了。除非……”

“除非什么？”

“我们地球有个不成文的规定：任何国家或城邦触犯了国际法后，若是元首能出来自尽，那么处罚就会结束。而且，各个国家必须帮助该国或城邦自救。我的意思是……”

“你的意思是……让我化装成你，然后顶替你去死？”

“聪明！”

“好吧，我保证这个计划会成功。一旦失败，我会接受这种命运。”

“那就再好不过了。”

…………

我的计划是在翡翠城东部的大海中利用特殊储备能源给海水加温。一旦海水温度升高，就有可能形成台风，并将阴霾物质刮到忐忑国去。

这个武器的构思还是明诚博士告诉我的。他生前也想试试，因为一旦台风武器研制成功，就可以获得巨大的商业和军事利益。但他终究还是因为迷恋瞬间转移机，而放弃了对台风武器的研究。

事实证明，我的设想是有效的。在对海水进行了 60 个小时的加温后，一个十一级的强热带风暴形成了。风暴裹着大量的水汽扫过了翡翠城，并将阴霾物质往忐忑国以及周边国度带去。

“你成功了，太棒了！”兰斯一家向我祝贺，“数千年来，我们地球就没下过这么大的雨。”

“叔叔，你真是个天才！”得到孩子们的褒奖，我的心里更是乐开了花。

然而，我还没有来得及享受英雄的礼遇，更糟糕的事就发生了。由于我们制造的台风武器将阴霾物质转移到了好几个国家，再度引起了他们的强烈愤怒，因此他们向联合国提出了申请，希望将惩罚期无限延长……

翡翠城的所有储备能源已经耗尽，一旦受到制裁，必然会一片死寂。

唉！都怪我自作聪明啊！

是的，我唯一能谢罪的方式就是顶替城主去死了。

9

接受死刑的地方，是联合国的广场。我被绑在一根柱子上，完全不能动弹。

那天是立春，正是万物复苏的日子。兰斯一家都来了。我欣慰地看到，之前掉光了头发的兰斯博士的头顶开始有毛茸茸的感觉了。其他看客的脑袋上也有不少泛着朦胧的绿光，他们的新头发也像柳芽一样，即将生长出来了。

“我宣布，执行死刑！”联合国秘书长亲自按下了执行按钮。

“刺刺刺！”一个个刽子手举着一个个喷雾器朝我喷射液体。那是离层催化剂。所谓离层，就是落叶植物在秋季产生的一种化学物质，可促使树叶脱落。对于人植合体的人类而言，这种物质同样可以促使人植化的人体内各个关节产生离层，并使身体解体。

兰斯博士他们冬天之所以只掉头发，不掉手臂，就是因为服用了一种抑制离层产生的药物。

在这个地球，使用离层催化剂是最可怕的极刑，因为身体器官会一个个地从身体脱落，其痛苦程度完全不亚于被千刀万剐。

然而，他们喷射了半天，我却还没有事。因为我只是一个人，一个普通的人，一个并未人植合体化的人。

死刑就这么结束了，但对我的仇恨却没有完。他们一致认为，是我这个外星人挑起了争端，所以必须找一个可以弄死我这个外星人的方法。

后来，他们终于找到了一个办法。就是把我软禁起来，把我饿死。

庆幸的是，我的出现，转移了各国对翡翠城的仇恨。对它们这个国家的制裁，彻底解除了。

五天后，我已经饿得不行了，不仅手足无力，连眼皮也很难眨一下了。我绝望极了，以为自己就要死了。可就在意识模糊之际，我被兰斯博士用他发明的神秘锁链偷偷救了出来。然后，孩子们把他们舍不得吃珍藏起来的巧克力给我吃，让我恢复了体力。

“你不能再待在这里了，我要用这个星球唯一的瞬间转移机把你送回去。”

“谢谢！”

“当然，为了防止外星势力发现，我先生会用一种只有光速百分之一的射线把你送回去，因此，你的回归旅程将会是四百年。”兰斯太太笑着对我说。

“谢谢你！”

“不！是我该谢谢你！这里有个闪存，记录着进行人植合体的资料，我觉得，你们星球有一天也用得上。”

“但愿用不上吧，呵呵！”

“叔叔，记得再来时，给我们带巧克力啊！”这是我离开那个地球前，听到的最后一句话。

10

“这就是你的故事？”沉默了良久之后，院长问我。

“是啊，是不是很离奇？”我喝了杯苦涩的啤酒，答道。

“这么说，当年明诚博士手里的一截东西……”

“是他们星球某个人的某个手指。”

“这么说，我们这个星球有你所去的那个外星球的人类来过？他们怎么来地球的？你对此有什么信息？”

“这个吗……我真的不知道。”

“不知道就算了。对了，接下来你有什么打算？”

“我也不知道，平淡地度过余生呗！”

“可不可以考虑把我们地球人也人植化？”

“为什么？”

“因为太阳的能源也不够了，它虽然不会发生氦闪，但温度越来越低了，它养不活那么多植物、动物、人类……”

“问题是，人植化的世界并不美好啊！”我表示反对。

“这个你就不用担心了，嘿嘿！”院长冷笑着。

我又晕了过去。是院长的保镖把我打晕的，他还抢走了那个闪存。最可怕的是，不久后，我再度失去了意识。

11

我再次醒来，是在某年某月的某个黄昏。

我推开了冬眠的机器，从里面爬了出来。很显然，院长的保镖把我打晕后，就把我冷冻了起来。

我走在大街上，忽然看到了两个酷似阿尧和阿娲的孩子和一个酷似兰斯太太的女人。

那个酷似阿娲的女孩正在哇哇大哭："妈妈！哥哥，哥哥掰断了我的手指！"

那个酷似兰斯太太的女人赶紧跑过去把酷似阿尧的男孩臭骂了一顿，然后柔声安慰女孩："没事的，反正过几天你的手指也会掉光的，别怪哥哥了。而且，明年春天手指就会长出来的。"

"你们，你们是章鱼人吗？居然会再生？"

那个酷似兰斯太太的女人转过身说："你就是那个八百年前的无忌博士吧？告诉你，我们这一代人经过四百年的努力，已经成功人植合体了。这是我的儿子，阿瓜。

他的头发是绿色的，和常绿植物一样。他的手指经常脱落，但会马上长出，因此旁人不易察觉。这是我的女儿，阿朱，她的头发是红色的。她和落叶植物一样，体内含有很多花青素，一到深秋，指关节处就会产生离层。她的手指现在很脆弱，一碰就会断掉。但没关系，明年春暖花开，它们就会长出来……”

“你们的生命居然比那个星球的还奇怪……”

“这有什么。我们这么做也是迫不得已。一方面是全球能源短缺，另一方面是为了防止外星打击。”

“防止外星人打击？”

“是呀！你应该知道的，低熵区域，也就是智能区域，超级智慧是可以扫描出来的；而我们人植化后，便可以呈现出一定程度的原始性和无序性，十分隐蔽……”

“那你们的生命也会像植物一样长久吗？”

“未必！我们家族的植物基因都是木本系的，和一些大树一样，我们很长寿，最长寿的可以活三千年。但有些人生来就是草本系的人，可能活不了几个月……对了，你也赶紧去人植中心人植化吧。这里的光照很低，几乎没有粮食产出了。你不人植化，很快就会死的。”

“不，不！”我摇头跑开了。

12

幸亏我当年有收藏巧克力的习惯，不然我真的没东西吃了。八百年了，巧克力虽然被冰冻成了白色，却依然有热量，可以维持我的生命系统。

“咚咚咚！”一个黄昏，居然有人来敲我的门。

“你是……院长？”我很讶异，随即又平静了。院长必然是接受了长寿植物的基因，因此一直活得好好的，年轻健硕，和当年无异。

“四百年前，真是对不起啊！事关重大，我不得不打昏你，抢走你的闪存。不过，我还是要郑重地感谢你，若没有你的闪存，我就不能把地球人人植化，也就不能成为这个星球的球长。”

“整个地球，都是你的天下了？”

“是的，人植化后的地球人对环境极为敏感。想要将人植化的危害减到最小，就必须使用我的营养液。而且我在人植化地球人的过程中，故意设置了一个病毒。假如不听从我的召唤，他们将在瞬间植物化，而且永远不会恢复成人。”球长狰狞地笑着。

“你……你为什么要这样做？”我忽然觉得，眼前的人根本就是个魔鬼。

“呵呵！实话告诉你吧。其实在你的 X 计划成功前，我们就截获了一艘来自你所去的那个星球的智慧体的飞船，也知道了那个星球的一些状况。等你醒来后，那里的状况终于得到了确认。”

“原来你知道的比我还多。”

“哈哈！在此之前，我还利用某种神秘的薄膜隔开了太阳与地球之间的空间，减少了太阳的光照，并贿赂了全球的科研人员，让他们发布太阳已经不行了、日地距离拉大了等一系列假消息，为我的人植计划铺路。”

“你为何要这么做？”

“为了权力！我就是要君临天下，让整个地球的人类都臣服于我。”

“你的野心太大了。”我无奈地摇了摇头。

“呵呵，你说的没错。在这个地球上，只有我接受了没有病毒的人植化，所以只有我是完全安全的。我将活整整三千六百年，也将统治这个世界三千六百年！”

“那你当时为何不杀我？”

“我就是想让你看看人植化后的地球，看看我有多威风。而且，你的日子也不长了。你的食品即将耗尽，你的生命也将消亡。谁叫你当时不老老实实交出闪存呢？不然，我还可以和你合作，与你分享统治地球的快乐！”

“滚！你这个疯子！”我把野心家往门外推去。

“以你这点食量，还有力气推我？”野心家反手一拳，把我击倒在地。

“疯子，你别得意。刚才的对话，我已经通过电波传向了全世界，现在，所有的人都知道了你的阴谋。他们不会放过你的。”我挣扎着从地上爬起，眼里满是胜利的微笑。

“你……”

“其实，四百年前我被你的保镖击倒后，我就大致猜出了你的阴谋。而且我对比过当时两边的星空，虽然都很黯淡，但我们这边的星空透明度有些怪异。于是我知道，所谓的太阳不行了，所谓的地球也必须人植化才能度过危机，所谓的低熵保护，肯定是一个诡计。”

很快，抗议的人群从四面八方涌来。野心家望着黑压压的抗议人群，脸色越来越难看，四肢也开始颤抖。

“不，我是你们的球长，你们不能把我这样。如果你们不服从我，我会给你们颜色看看的，到时候你们一定会后悔的。”他用力地嘶吼，只可惜，没人理他。

终于，抗议的人群将其缉拿，不仅弹劾了他的球长之位，还把他投入了森严的大牢。

然而，投入大牢的他依旧不安分。他按动了衣服上的纽扣控制器，动用无人飞机喷洒四肢脱落粉。

在四肢脱落粉的作用下，无数人植的身体开始分裂，伤情凄惨。整个地球，再度变成了人间地狱。

我眼泪直流，心中暗暗发誓，一定要改变这一切。

13

值得庆幸的是，靠着仅有的几块巧克力的支撑，我终于破解了野心家的电脑主机，移去了隔在地球和太阳之间的神秘薄膜。

强烈的阳光终于在 8 分钟后来到了久违的地球，带给了人们无尽的希望和遐想。没有受伤的人欢呼着，雀跃着，祈祷着新生活的到来。

但是那些受伤者呢？我也必须让他们快乐，而且不是暂时的，是永恒的！

兰斯博士告诉过我，完整的人植化程序不能逆反，但是中了病毒的人的人植化程序反而能逆反。在我几日几夜的设计下，一个反人植化的程序终于研制成功了。

只需一秒，原本人植化的人类便可变回真正的人类。人群争先恐后地涌进我的实验室，出去后，一个个兴高采烈。那些伤者，也顺利地进行了肢体重组，变回了健康的模样。

有了阳光，就有了源源不断的食物。地球的一切又回到了正轨。

不过，那个野心家却还在大牢里，度日如年。

…………

“很久不见啊！该叫你野心家，还是疯子呢？”不久之后，我去看望他。

“胜者为王，败者为寇，现在你是地球的球长了吧？挺得意的吗？呸！都是你坏了我的好事！”他握着监狱的金属柱，对我骂骂咧咧。

“不，是你毁了你自己。我什么也不是。我只是一个普通人，永远都是。”

“真没出息。”

“有没有出息，是看你能不能给人以快乐，而不是看你有多大的权力。”

“呸！我不信，权力是世上最美好的东西！”

“阳光和快乐才是世上最美好的东西。哎！就知道你不会懂的，再见啦！”

…………

不久之后，我又开启了太空船，往另一个地球飞去。飞船上，装满了巧克力。我要带给阿尧，带给阿娲。只是四百多年过去了，他们还活着吗？

不管了，那个星球总有孩子吧？

孩子，一定是爱巧克力的。

太后的舰队

爱因斯坦说：$E=mc^2$。

我说：$m=E\div c^2$……

1. 太后的舰队

乍一看，我们的生活和以前并没有什么不一样。

早上六点，起床、穿衣、洗脸、刷牙；早上六点半，喝一杯说不清楚含有什么添加剂的牛奶，吃一个老妈煎得十二分熟的荷包蛋，再嚼上几片这个专家说营养好那个专家说没营养的吐司面包；早上七点，挤上一辆门都关不上的地铁；早上八点，身体端坐在教室里听课，心儿却飞翔在九霄云外……

不！最后一点绝对不同。以前一节课，我有一大半时间在神游，如今却不得不命令自己花更多的时间去全神贯注地学习。

“无忌同学，请你回答，地球是怎样形成的？”

“很久以前，X星人来到了地球。他们发现太阳系中有一个巨大的行星盘。为了促使生命早日形成，他们人为干预了行星盘的演化。于是，行星盘变成了今日绕太阳运行的八大行星，包括地球。”

“回答正确，奖励你一个电子X星币。”

别奇怪！自从两年前，X星人占据并统治了地球后，他们就把所有的历史和科学文献都改了，甚至连童话都不放过。譬如，过了午夜十二点，为什么灰姑娘的水晶鞋还是水晶鞋，没有变回破旧的布鞋呢？因为这双水晶鞋是X星人研制的，魔法永远不会失效。

总之，他们不仅要奴役我们的身体，还要控制我们的思想。

虽然我们的教材变得十分荒唐，但我们每个人都在尽力学习。因为只有认真学习，才能回答老师的问题，才能得到电子X星币，才能和父母与朋友们交谈。

没错！这两年来，地球人被禁止私下里交谈，除非你有电子X星币。我曾亲眼见过一位学长因为私下里和同学交谈而被他们用一种名叫同分异构枪的神秘武器击中。我们的身体里有无数的碳元素，而钻石也是一种碳元素。在被那把枪击中后，那位学长变为了一块不知道有几万克拉的大钻石。

可悲的是，每使用一个电子 X 星币，只能说上一句话。所以，为了与同胞交流，我们必须积攒足够多的电子 X 星币。

和以前一样，每一个夜晚，我都会观赏夜空。如今的太阳系外，已被 X 星人包裹上了一层球形的黑幕。外界的星空是看不到了，不过，我们的头顶却悬浮着数百万个 X 星人的飞行器。每到夜晚，熠熠生辉的飞行器将夜空打扮得极为瑰丽，污染再严重的城市都能瞧见。

X 星人的领袖叫作太后，不知道是因为脸上粉底太厚，还是增高鞋垫太厚。总之，太后是个很不好惹的人。头顶的这些“星星”，便是监视我们的太后的舰队。

2. 脑扫描行动

今天下午，同桌纳兰也获得了一个电子 X 星币。并不浪漫的星空下，我开始与她聊天。

“真没想到，我们的地球会变成这样……”我说。

“是啊，我也没想到……”纳兰摇摇头。

“也不知道自己的父母什么时候在单位也能获得X星币，有太长时间没和他们聊天了……”

“以前总觉得他们唠叨，如今好怀念这份唠叨啊……”

“喂！你们俩都只有一个电子X星币，各自只能说一句话。如今你们违了规，该接受同分异构枪的惩罚了。”无处不在的X星监听者突然出现，将黑漆漆的枪口对准了我们。

我嘿嘿一笑：“以句号结尾的才是一句话，我们刚才都是以省略号结尾的，所以我们的一句话，都还没有说完。”

“这……”监听者无言以对，只得灰溜溜地到别处去了。

看到纳兰对我竖了竖大拇指，我心里瞬间甜如蜜。

太后显然是个疑心极重的人。为了筛选出假意屈服于她的地球人，她开展了一项脑部扫描的大行动。

她研发了一种具有极高智能的机器，并设定了几个关键词：不满、不服、愤怒、怨恨、反击。

只要内心存在这几个想法的人，都会被机器检索出来，并在第一时间被同分异构枪消灭。

为了防止这种机器检查出纳兰对X星人的不满，我在纳兰接受扫描前对她进行了临时催眠。纳兰很幸运地通过了检查，但不会催眠的她却为我捏了一把汗。我微微一笑，示意她不必担心。

事实证明她完全是多虑的。我通过扫描门的时候，机器还给我打了满分，这说明我的内心与这几个词语完全无关。

不少人在这场行动中失去了生命。虽然没有任何血腥的场面，但我依旧感到心如刀绞，悲伤不已。

由于在学校里表现优异，六年级毕业后，我被保送进入位于地心的宇宙能量收集室，开始短期的实习。

我当然不是要被迫去做童工。这种实习，和我们父母辈的学工、学农是一样的。

虽然太阳系的外层被安了一个球形的黑幕，但有如滔滔江水连绵不绝一发而不可收的宇宙能量依旧可以渗透到太阳系里边，并汇入地心的宇宙能量收集室。

这些能量，显然是X星人用来征服其他星系的。

进入这个实验室后，我每天都能得到100个电子X星币的嘉奖。我将一大半星币赠给了我的朋友们，并教会了他们不到最后绝不用句号的对话方法。

很快，一传十，十传万，万传亿……这个方法被所有的地球人掌握了。太后觉得地球人已经经受了脑扫描的考验，又觉得电子X星币已经失去了原本的效力，便索性把这个规矩取消了。

地球人的生活，进入了暂时的安宁。

3. 梦里的公式

脆弱的安宁，瞬间就被打破了。

一个被遗漏扫描的女汉子突然从某座垃圾山里出现，用尖利的高跟鞋袭击了一名 X 星的高官。

震怒的太后立即使出了撒手锏：对太阳系进行降速。在他们超高的科技干预下，光速被下降为原来的百万分之一，也就是每秒 300 米；声速被降低为原来的百分之一，即每秒 3.4 米；我们地球人的行动速度也被减慢了 90%。现在，即便是巅峰时期的博尔特，跑完 100 米也要花上一分半钟的时间，而他们自己则不受影响。

自此，任何偷袭都对 X 星人无效了。即便是最高级的手枪，枪膛里的子弹对他们而言，也如同蜗牛一样慢。

原本我吃饭就慢，没有半个小时根本消灭不了碗里的那一点点饭菜，如今，我每顿饭更是要花费五个小时，一日三餐合起来便是十五个小时。

X 星人见我一天到晚不干活，光顾着吃饭了，便解除了对我速度的限制。我表面上装作很无所谓，内心却泛起一丝不被他人察觉的狂喜。我知道，我的机会终于来了……

哪里有压迫，哪里就有反抗。虽然速度被牢牢限制，行动就跟乌龟爬一样（不对，乌龟的速度也只有原来的十分之一了），但地球人一有机会，还是会对 X 星人进行反击。结局可想而知，人类还没伤到对方一根汗毛，自己就化作稀有矿石了。

在地心的宇宙能量收集室，我每天任劳任怨地工作着。储存在能量罐里的能量越来越多，多到把世界上功能最强大的计算机合起来都无法计算。

由于工作做得出色，太后甚至临时将我的行动速度提高了一百倍。那是原本声音的速度，传说中的白银圣斗士的速度！

马上就要回到学校念初一了，这几天的夜晚，我都会做同样一个梦。

梦里会出现一个不修边幅的老头，他笑着对我说：“知道吗？ $E=mc^2$。”

“知道。同理，$m=E\div c^2$……”我同样笑着回答。

4. 舰队的覆灭

在宇宙能量收集室实习的最后一天，我以迅雷不及掩耳的速度，按下了一连串按钮。

“嘟嘟嘟——”几声警报后，所有收集的宇宙能量，开始源源不断地变为质量。由于光速被大大降低，转化出的能量便大得出奇。

仅仅半小时的时间，地球的质量就增加了数倍，它的引力也同步增强。

太后还没明白怎么回事，她的舰队就纷纷往地面坠去。

数百万个飞行器快速下坠，仿佛数百万颗火流星，直奔地球而来。大气层被摩擦得嗞嗞作响，夜空也华丽得无以复加。

每一个飞行器都不大，在落到地面之前，都已经化为了灰烬，地球上甚至连一个小小的陨石坑都没有出现。

没有人知道这是怎么回事。他们只知道，美好的日子又回来了。

后来，纳兰问我："你是怎么逃过脑扫描的？"

我回答："我心中的那些词语是'粉碎''完胜''毁灭'，它们远比'不满''愤怒'更危险。但机器到底是机器，它完全没有将我揪出来。"

我看到纳兰又朝我竖了竖大拇指。或许我是地球的大救星这件事，她是唯一的知情者。

未来病毒

这或许是一个真实的故事。谨以此文，献给每一个我们在不经意间用言语顶撞或者伤害过的人。

1

指尖刚刚碰到指纹门锁的扫描口，身后就传来了老妈一贯的碎碎念：“这么着急走吗？出行一环通有没有忘记戴啊？”

“戴啦，戴啦！”我头也不回，高高举起右手，在空中扬了扬，向她展示那个闪着淡淡蓝光的手环。

“不如吃了饭再走吧！我刚刚煲好鱼汤，是珍稀的彩虹鱼哦，由星际快递从月球上的宁静海新鲜直送而来，四鳃八鳍，美味无比！”

“还是算了吧，就你的厨艺，再好的食材，都会被你做得跟猪食一样。”我冷哼一声，跃出了自动门，速度快得像逃难一样。

自动门合上的刹那，耳边依旧回荡着老妈的絮絮叨叨。我听不真切，但从语气上判断，肯定是对我刚才冷冰冰的态度的抱怨。

搭乘超级电梯，我来到了蜂巢大厦的顶层，那里是如蜘蛛网般四通八达的空铁的某一站。

我此行的目的地是一家高科技诊所。别担心，我的身体并没有出现什么状况，只是最近这几天，我无论和谁交谈，对方总会很突然地打破原有的轻松气氛，对我恶语相向，这无疑对我造成了一定的困扰。我没有理由不去怀疑，是不是自己的精神出现了问题，或者是耳朵出现了幻听。

刷手环，过闸机，进站台，整个过程快速而机械。

站台的一隅，是个小小的屋顶花园。等车的过程中，我又情不自禁地朝那里瞥了一眼。不出所料，同前几天一样，在那丛盛开的月季花里，我又看到了一对正在追逐嬉戏的飞蛾。

没错，身子胖胖的、触角呈羽毛状的飞蛾。

终于，空铁呼啸着来了，然后，悄无声息地停下。我按了下耳朵上夹着的全景式摄录机的开关，跳上了车厢。我必须记录下车厢里发生的一切。不然，就算去了诊所，也没有证据。

车厢里很干净，算不上拥挤，也算不上宽松，想站哪儿，就能站哪儿。不过想坐哪儿的话，就得看别人什么时候下车了。

这就是偏僻的蜂巢大厦的好处。换作是人满为患的中心城区，非得由负责管理车厢的智能机器人用美妙却不动人的声调高喊几句“3、2、1，大家请收腹”后，车厢的门才能够徐徐关上。

我在一名四手四脚的中年男人面前停下，伸手拽住从车顶垂下来的拉环。虽然叫不出他的名字，但我认得他。我几乎每次乘坐空铁都会遇见他。他是蜘蛛星人，会在三站后下车。那儿有个异星人沙龙，远离母星的异星人都爱去那里小聚。据说，在那里，他们可以找到些许家的感觉。

“不要脸的臭小子，又看上本大爷的座位了？”异星人立即对我冷嘲热讽。奇怪的是，他脸上倒是和颜悦色的。

“你怎么说话的？我又没有逼着你让座。”我毫不客气地瞪了他一眼。

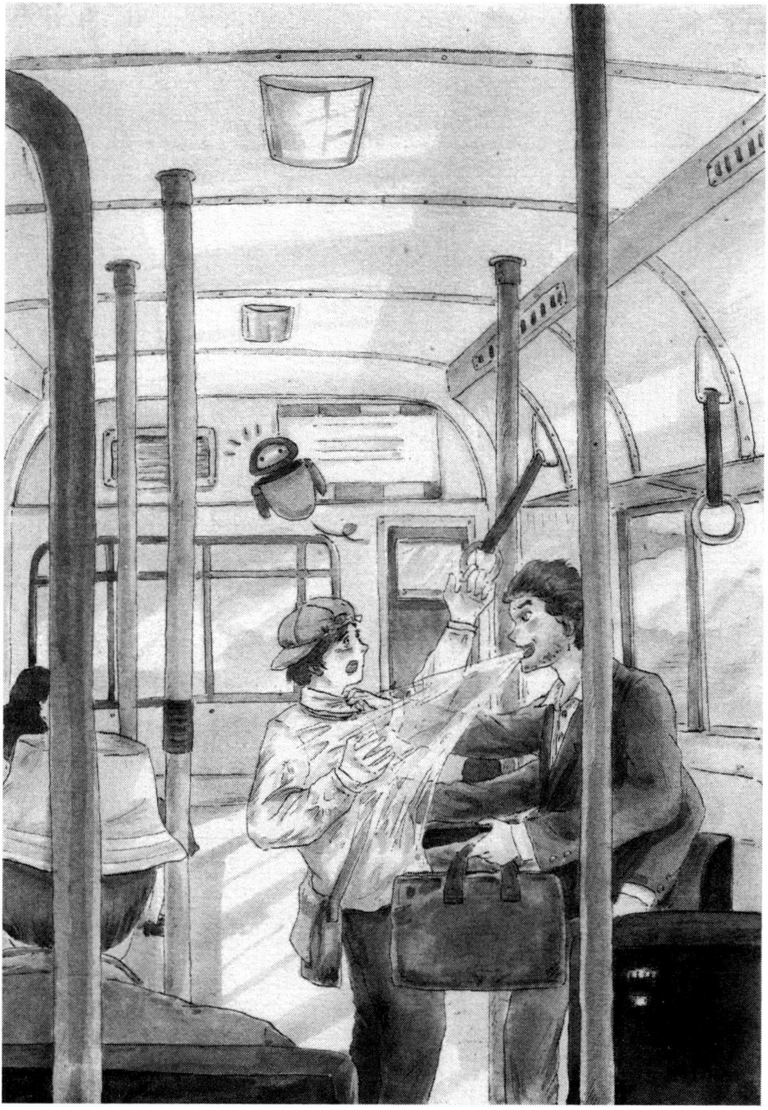

真没想到，蜘蛛星人的脾气居然如此暴躁。我仅仅针锋对麦芒地说了他一句，他就张开大嘴，朝我吐出了一缕缕坚韧的细丝。

“嗖——嗞！”仅仅几秒钟的工夫，我就被缠成了一尊雪白的木乃伊，完全无法动弹。

“嘟，车厢内禁止进食！”智能机器人第一时间发出了警报，它一定是误以为蜘蛛星人要把我吃了。

机器人不断重复着警报，语调也越发严厉，蜘蛛星人这才咂巴咂巴嘴，很不情愿地一嘬，将细丝缩回了自己肚子里。

三站后，和我预想的一样，蜘蛛星人起身下了车。不过，心有余悸的我并没有去坐那个座位，而是一直愣愣地站着，不断思考对方突然生气的原因。这个意外的插曲，无疑更加坚定了我前去就医的决心。

之后的十几站，车厢里也不太平，乘客间时不时发生一些口角。至于起冲突的原因，在我听来，简直和刚才一样莫名其妙，甚至有些不可理喻。

我隐隐觉得，他们或许遭遇了与我一样的困境。

2

总算到站了。我在人群中左突又闪，以最快的速度，逃离了这节带给我诸多不快的车厢。

进入诊所后，我的身体便不属于自己了。

增强脑电波测试、纳米级视神经扫描、五感综合分析、语言与认知模块检测……

整整六个小时，我始终被安置在一张雪白色的滚轮小床上，动弹不得，从一台稀奇古怪的机器，到另一台奇形怪状的仪器，连小便都不能去解。若不是为我做检查的都是没有情感、只知道执行指令的智能机器人，我早就发飙了。

“你的精神完全正常，听觉也没问题。不过，你感染了一种很罕见的病毒。”一位级别很高的智能机器人最后做出了诊断，它浑身雪白，看上去很像大夫。

“病毒？什么病毒？”

“未知病毒。”对方泰然自若的回答差点儿让我吐血。不，差点儿让我尿裤子，因为我实在是憋不住了。

“抱歉，我想……”

“往前直走 16.58 米，左转第一间便是盥洗室。”对方显然已经知晓了我的意图。

解完手，回到这位机器人身边时，它身后的全息屏幕已经亮起。画面上定格的，正是我此行一路上拍摄的影像的第一帧。

“这种病毒的名称未知，结构未知，不过，它的破坏方式已经查明，即它能够极大地影响个体对他人所说的话的接收与认知。请看大屏幕。”

机器人按下了播放键，画面立刻动了起来。当然喽，由于是耳夹式摄像机，画面难免会因为我的走动而出现颠簸。

首先映入眼帘的是一节既不拥挤也不宽敞的车厢，接着是形形色色往后退去的众人，之后便出现了那名蜘蛛星人的特写，随即，他说话了。

“我们真是有缘啊，又在这儿见面了！”他和颜悦色地说。

“你怎么说话的？我又没有逼着你让座。”我牛眼圆睁地说。

蜘蛛星人的脸上立即现出了怒容。他张开嘴，朝我吐丝。

几秒钟后，镜头被白色的蛛丝牢牢缠住，画面也非常快速地由纯白变为灰色，再由灰色变成黑色。机器人也适时地按了暂停键。

“他对我说的怎么会是这句话？我当时听到的明明不是

这句话。”我一头雾水。

“我刚才说过，这种病毒会影响你对他人所说的话的接收与认知。”机器人一边说，一边将自己的身体表面调节为彩虹色，“先岔开一下话题，你知道色彩的本质吗？”

“嗯，知道。色彩的本质其实是光波。波长在625纳米至740纳米之间的是红光，在380纳米至440纳米之间的是紫光，在500纳米至565纳米之间的则是绿光。某些情况下，光谱还会发生红移或者是蓝移。但是，这和我的病有什么关系呢？”

“当然有关系！咱们回归正题。声音同光一样，也是一种波。只不过光是横波，而声音是纵波。感染了这种未知病毒后，某些人说话发出的声波，在被你大脑接收时，也会发生一些变化，导致你产生全然不同的认知，并引起误会。”

“可我跟你的交流就很顺畅。”

“我是机器人，不是人。”机器人将视频快进了一段，又按下了播放键。画面中于是重现了车厢里的几次纷争。起因在我看来，依旧十分匪夷所思。

“很明显，他们和你一样，被同一种病毒感染了。要不然，那位扎马尾辫的女孩绝不会在听到对方称赞她的辫子漂亮后，恶狠狠地回对方一句‘你的头上才有狗屎’。”

“我当时也有这种预感，没想到真是如此。”

“可见，这种病毒传播得异常快。可能是通过空气传播，也可能是通过眼神传播。”

“眼神也能传播？这未免也太骇人听闻了。”

“科技在进步，病毒也在进化。对此，你千万别感到惊讶。瞧，全息屏右下角的实时柱状图显示，与你相同的病例正在激增，病毒正在快速蔓延。”

“那……这种病毒还有什么危害吗？”

“初步的研究表明，这种病毒还有一种副作用。它会让人看到一些反常的物体。”

“怪不得最近我总是在大白天看到大飞蛾。”

通过共享云盘，机器人很快就调取了那片屋顶花园的监控视频。画面清晰地证实，月季花丛中飞舞的并不是飞蛾，而是蝴蝶。

“虽然是副作用，但这也不失为一种可以自我判断是否感染了病毒的方法。”

“这种病毒有办法消灭吗？”

“目前没有。”

“那怎么办？我们总不能一边听着别人的录音回放，一边同别人交谈吧？”

“有办法的，你们可以返璞归真，用手语。”

“手语？好主意。可是，我没学过呀。”

“这还不简单，下载一个正版手语软件，接进大脑皮层的语言中枢不就行了？”

3

我敢保证，人类自从有文明以来，从未像现在这般重视过手语。由于感染未知病毒的人越来越多，手语成了我们相互交流时，不得不采取的第一选择。无论是居家旅行，还是购物聚会，抑或是上班上学，所有人都一边紧闭双唇，一边手舞足蹈，像极了一场全民参与的怪异行为艺术秀。

这确实在很大程度上防止了很多不和谐事件的发生，却也产生了新的问题。

全民手语时代开始后，我每天上学都迟到。原因在于，以往如果闹钟唤不醒我，还有爸爸妈妈前赴后继地喊叫，如今，他们只能用手语叫（在我们这个时代，利用拉扯被子、挠痒痒等低度暴力动作叫人起床是非法的）。手语能叫醒闭着眼睛呼呼大睡的人吗？不能！

全民手语时代开始后，科学老师本来异彩纷呈的讲课，我们一下子就听不懂了。原因在于，我们的科学老师来自马陆星球。原来的他，上课时会双脚站立在讲台上，然后舞动上百双手，激情洋溢地把各种知识传授给我们。听他上课，简直比欣赏《千手观音》还要令人陶醉。现如今，他的上百双手同时在表达不同的语句。一篇洋洋洒洒数万字的《大统一相对论》，他十秒钟就演示完了。

全民手语时代开始后，不少人的生活陷入了窘境。吹罚篮球比赛的龙虾星人裁判阿龙失业了，他的剪刀手根本无法表示得分究竟是 2 分还是 3 分。伶牙俐齿的脱口秀主持人章儿被裁了，因为她来自章鱼星，只要一展示手语，她那些柔软的触手就会缠在一起。更何况，那些触手上还有吸盘，吸盘复吸盘，触手更纠缠。至于蚯蚓星人，更是个个得了抑郁症，他们根本没有手，完全无法与人交流。于是，政府不得不出面，尽力安抚并帮助这些人。

在家回看那天的录像时，我忽然觉得该向那名蜘蛛星人道个歉，便出发搭上了那辆空铁，在异星人沙龙站下了车。

异星人沙龙并没有我想象中的热闹，这或许和他们集体感染了未知病毒有关。毕竟，因为受到身体限制而不能自如使用手语的，大多是他们这些来自外星球的人。

请问，那位来自蜘蛛星的先生在哪儿？我对着门口的一位飞龙星人用手比画。

没长眼睛吗？他就在大厅的中央敲架子鼓。对方笑意盈盈地用手语回答。

我强压住心底的怒火，走向大厅中央。毕恭毕敬地等待蜘蛛星人一曲演奏完毕后，我才打手势向他致歉：上次真是对不起，是我误会您的意思了。

对方微微一笑，用第一双手演示了一个“神”字，又用第二双手表达了一个“经”字，接着用第三双手组成了一个“病”字。

我终于无法按捺住内心的怒气，转身扬长而去。

为什么我的态度这么诚恳，对方依旧对我很不客气？不过对方在骂我的时候，为什么表情却那么像春天？带着种种疑问，我决定再去智能诊所一趟。

诊所的门口，有一个小小的花园。上次来得匆忙，我竟没有注意到。花园里栽着一片桃树。令我深感疑惑的是，在几株桃树的枝丫间，我居然看到了几尾色彩斑斓的热带鱼，它们一边吐着七色的泡泡，一边发出空灵的叫声。关于树枝间游弋的鱼，《海的女儿》里曾有所提及，但安徒生笔下写的其实是鸟，而我此刻所见到的的的确确是鱼。

进入诊所，又经过一番长时间的检查后，机器人开始下结论：“很显然，病毒发生了变异。”

“变异？这么快？”

“病毒的变异本来就很快。这次变异的结果是，它干扰了你们对手语的使用与理解，因此，就算是你诚心诚意地向对方道歉，在对方看来，也是你在向他示威和挑衅。同理，就算对方坦然接受了你的道歉，并表示不会计较，可在你看来，对方却是在变本加厉地指责或辱骂你。”

“对了，门口花园里啾啾鸣叫的应该不是鱼吧？”

“当然不是鱼，是鸟，黄鹂鸟。如此看来，你体内的病毒不仅发生了变异，破坏力也增强了。我联系了很多高智能医师，我们得出的一致结论是，病毒越是厉害，感染者看到的反常物体就越庞大。你还算好的，还有人看到天上有蓝鲸在喷水呢！”

“那么可怕？”

“对了，关于病毒的传播方式，我有了新的推论。我分析了全世界数亿起病例，发现所有感染者第一次出现症状的时间几乎完全相同。所以，传播病毒的媒介最有可能是中微子。”

“中微子？”

“没错，中微子的速度极快，接近光速，而且穿透力极强，世间罕见。唯有它，可以携带着病毒，穿越一万多公里，于刹那间传染给地球另一面的人。”

“在这种病毒面前，我们真的束手无策，只能坐以待毙吗？”

“虽然手语已经行不通了，但解决方式还是有的，只不过成本不小。你们每个人可以在额头上佩戴一个超清显示屏，配合手环射出的虚拟激光键盘，将自己想说的话打在上面。”

“哎，也只能如此了，要不然，整个地球上，将充满了吵闹和争斗。”

4

采纳了佩戴额头显示器的方式后，地球果真又太平了好几天，然而好景不长。

几天后的一个清晨，不，早晨，不不，应该是接近中午的时候，我睁开了眼睛。

眼前是爸爸和妈妈两张恨铁不成钢的脸，以及他们额头的显示屏上，几行闪烁着的“快起床！快起床！快起床！”。

“为什么不早点叫醒我？”我输入文字。

“爸爸六点就开始叫你啦！”妈妈键入文字。

“妈妈七点就开始叫你啦！”爸爸敲入文字。

“从八点开始，爸爸妈妈就齐心协力叫你啦！”爸爸妈妈同时录入文字。

“早饭吃什么？老妈的厨艺有进步吗？”我转移话题。

“什么？你吃都没吃，居然就说老妈的厨艺肯定退步了？”爸爸的脸上出现了不悦，他输入的文字更是令我感到莫名其妙。

“我什么时候说老妈的厨艺退步了？”

“什么？你竟然说我做的东西连猪都不想吃？那么名贵的火星雷霆虾，我会做给猪吃？”

“……”

“……”

“……”

唉，之后的对话中，谁都没有控制好自己的脾气，导致这些文字十分少儿不宜。

没办法，我只能再次求助于诊所的智能医生。

“想必你也猜到了，病毒再次发生了变异。”

“嗯，猜到了。”

“咱们长话短说吧。一百多年前，千年虫病毒爆发。当时，计算机尚未普及，因此不少人误以为千年虫病毒会传染给人类，因此闹出了不少笑话。可是，这个病毒着实厉害。它发源于人体，却能传染给计算机，是世界上第一种可以人机交叉感染的病毒。”

“我们高一尺，病毒高一丈。看来，我们是赢不了这种病毒了。”

“没错，虽然我们能想出不少办法，暂时解决掉这个难题。譬如，每个人携带一个笔记本，写下自己想说的话，但病毒肯定会再次变异，让人对文字的理解也产生歧义，使这种办法失效。”

“唉。”

“而且，关于病毒的产生方式，我们终于有了发现。”

“什么发现？”

“微观观测显示，这种病毒的自我复制时间是一天。通过精确的基因测定，我们发现这种病毒已经自我复制了四万多次，这就意味着，病毒存在于人体中已经一百多年了。换言之，一百多年来，它一直广泛隐藏在几乎每个人的身体当中，只是在十几天前，突然被唤醒了。一百多年前究竟发生了什么？带着这个疑问，我去了趟历史影像资料馆，读取了一些档案。”机器人开始播放借来的一百多年前的影像。

影像一：

除夕，一家人围坐在餐桌旁。老人们忙前忙后，青年们忙着玩手机，孩子们忙着玩游戏。

“别玩啦，吃饭吧。”老人说，“菜都快凉了。”

“烦不烦啊，我要抢红包。”

“急个屁啊，我过了这一关再吃。”

影像二：

早晨，许多人搭乘地铁，装睡的装睡，看视频的看视频，吃东西的吃东西，就是没人给一个衣衫褴褛的老年人让座。

“讨厌的老头子，我是不会让座的。”有人小声嘀咕。

“没素质的乡下人，居然在车厢里吃东西。”有人小声嘟哝。

“垮掉的年轻人，手机不离身，哼！”有人小声鄙视。

…………

“看了这么多，你有什么想法吗？”

“我有点内疚，我对妈妈的厨艺，一直很刻薄；对她的唠叨，一直很不耐烦。当然，她也不相信我会变得勤奋积极，总是数落我。”

“整个病毒事件的真相基本浮出水面了。由于在那个时代，人们变得更加自私，说话常常不顾及别人的感受，久而久之，便衍生出了这种奇怪的病毒。我们现在可以命名它为——不好好说话病毒。这听起来很不可思议，但事实确实如此。”

“看来，是我们人类自作自受啊！”

“如果你不想受病毒的困扰，我们可以把你改造为半人半机器人。”

“不，我不需要接受改造，而且我以后还是会用嘴说话，而且是永远微笑着好好说话，不管别人怎么理解，也不管他们用什么态度对待我。”

5

病毒越来越猖獗，有人突发奇想贩卖起了抗病毒药水。

可不管他们是用嘴巴销售，还是用手语叫卖，或者是用额头显示器推销，乃至用笔记本忽悠，在别人听来、看来，那不是对自己的嘲讽，就是对自己的咒骂，因此，他们非但分文未得，还遭了不少拳脚。

病毒还在肆虐，有人歪念顿生，推广起了抗病毒保健体操。

当然喽，他们的结局就两个字：同上。

至于我，就像我对机器人医生承诺的那样，开始好好说话，对待每一个人，包括家人、朋友、路人。

我惊奇地发现，我与别人之间正常的沟通，居然一天天多了起来。更让我感到惊喜的是，大白天的大飞蛾和树枝间的热带鱼，我看见的频率也越来越少，后来甚至看不见了。

因为有了这种变化，我再去诊所复诊，这回，连机器人医生也发出了惊叹："哇，病毒已经完全检测不到了！"

"病毒死了？"

"可能是死了，也可能是休眠了。这种病毒始于不好好说话，很可能也会终于好好说话，更有可能再发作于不好好说话。你最近几个月的所作所为，或许正是消灭这种病毒的良药。而且，你能和别人正常对话，说明别人也在这么做。继续努力吧，身为人工智能，我相信你们人类可以战胜这次困难。"

又是一个月后的一天，我听到一阵急促的门铃声，赶紧启动指纹，打开了东边的房门。真是让我惊讶，站在我面前的，居然是那位蜘蛛星人！

"你好啊，孩子！"

"你好啊，请进！"我请他进屋，为他端上茶。

"谢谢啦！"

"不客气。"

“早就想拜访你了，只是不久前才打听到你的地址。现在，我要为我在异星人沙龙那次对你的不敬举止，表示深切的反省和道歉。”

“不用，不用，那都是病毒惹的祸，就跟我那次惹恼你一样。”

“是啊！”

我们相视一笑，双手握在了一起。

此时，我身后西边的窗上，冉冉升起了一轮红色的太阳，将屋子照得很暖，很亮，很温馨。

“像蜂巢大厦这么拥挤的房子，西边的确应该安一扇镜窗的。镜窗在视觉上扩大了面积，还给人以美感。瞧，东边的朝阳反射在上面，多绚烂啊！”

“谢谢夸奖！”

“送你一件礼物吧。”蜘蛛星人朝着镜窗吐起了丝，吐出的丝变成了一道美丽的窗帘。

“开饭啦！”妈妈从厨房里端出了并不可口的“美味”。然而，家的味道，应该是世间最美的美味吧。

抓住一个壁虎星人

引子

现在是北京时间 2112 年的 8 月 18 日晚上 9 点 39 分。

我抓住他了

我叫军无忌，地球反物质研究中心的著名实验物理学家。

今年年初，我所在的研究中心成功研制出了十克铁元素的反物质，准备用作宇宙星舰的发动机燃料。

众所周知，反物质一旦和正物质接触，就会湮灭，释放出比原子弹爆炸时还强烈千万倍的能量。

由于反物质铁具有和铁一样的性质，因此可以储存在密闭的磁性容器中，但仍十分危险。

2112 年的 8 月 18 日晚上 9 点 36 分，也就是 3 分钟前，我抓住了一个企图夺取反物质铁的壁虎星人。

这个壁虎星人身高虽然不足 60 厘米，但身手矫健，还有一些特异功能。

当晚 8 点 12 分，他凭借自己的异能，成功躲过了所有的电子警卫，秘密潜入了我们研究中心最机密的实验室。

但是，就在他得手的刹那，被我的激光枪击中了！

此刻，他正龇牙咧嘴地待在水晶球里，想必心中十分不服。

我冲他扮了个鬼脸，说道：“你就乖乖待着吧，明天就把你送去星际法庭。”

任何人都不能用舌头舔到自己的眼睛(包括看到这里时，正在尝试伸长舌头的你)，但是壁虎星人可以。

只见他轻轻地用自己的舌头舔了舔自己的眼睛，忽然消失不见了。

我突然意识到，这是他的特异功能之一，用舔眼睛的方式打破时间的流向。

用一句过时的话来说就是：他穿越了。

任何人的计谋都逃不过我的眼睛。我知道，他一定是想穿越到被我抓住之前，再和我对决一次。

我再次抓住他了

时间回拨到2112年8月18日晚上8点39分。

在经历了无数日日夜夜的奋战后，反物质铁终于被研制了出来。

作为首席科学家的我十分疲惫，吃了几口泡面，啃了半个汉堡，嚼了一大盒薯条后，疲惫地睡去了。

别奇怪，科学家的饮食有时候就是这么不规律、不健康，你们可千万别学我哦！

正在我呼呼地打鼾时，一个矮小而灵巧的身影忽然越过研究所里里外外所有的电子警卫，潜入了最机密的核心地带。

大家都去开庆功宴了，研究所只剩下我一个人。

他悄悄地来到我的身后，把细长的怪手伸到我的腰间，偷走了我的激光枪。

“嘿！愚蠢的地球人，醒来吧，这样能让你死得瞑目！”他阴险地笑着，把我从睡梦中拉回了现实。

我回头一看，不禁大惊失色。

一个我从未见过的矮小的外星人的手里居然拿着我的激光枪。而且黑漆漆的枪口已经对准了我的额头。

“你……你想干什么？”我问。

“当然是先杀了你，再夺取反物质，哈哈哈！”咆哮中，他扣动了激光枪的扳机。

只见一道白光从激光枪的后部飞出，击中了那个外星人自己。

激光枪发出的光叫作绝对零度的冷冻光。那个外星人被温度极低的冷冻光击中后，立刻失去了知觉。

通过浏览星际警察局的网站，我逐渐了解了他的来历。他是壁虎星人中的恶棍，擅长时空旅行。

不久之后，他就被我关进了水晶球。他在水晶球里龇牙咧嘴了一阵子后，忽然用舌头舔了舔自己的眼睛。

奇怪的事情发生了，他忽然又消失不见了。（咦，为什么要加个“又”字呢？）

我突然意识到，这是他的特异功能之一，用舔眼睛的方式打破时间的流向。

用一句过时的话来说就是：他穿越了。

我再再次抓住他了

时间回拨到了2112年的8月18日晚上7点39分。

我迈着兴奋的步子，跑出了研究中心，来到了诸葛追云大街。

唉！谁让我不会网购呢！真是比一百年前的小孩子还笨。身为一个首席科学家，这真是莫大的耻辱啊！

我现在真的很饿，我想吃烤鸭，想吃叫花鸡，想吃大龙虾。只可惜，诸葛追云大街除了薯条、汉堡，就是泡面。

谁也没有注意到，一个壁虎星人趁我离开的这段时间，携带着自己星球的超级武器，蹑手蹑脚地潜入了我的研究中心的核心地带。

他的目标显而易见，就是我们刚刚研制成功的反物质铁。

当然，夺取反物质铁可没那么容易。如果你没有输入长达1024位的密码，那扇无形的水晶之门根本不能开启。而那串密码，当然只有我一个人知道。

半个小时后，我带着满满的一袋（注意，是环保袋）垃圾食品，回到了自己的研究中心。

正当我坐下来准备大快朵颐时，那个壁虎星人突然从角落里跳了出来，举起了自己带来的怪异的武器，对我吼道：

“喂，把密码告诉我！”

“密码？什么密码？”我当然不能把密码告诉他，只能故意装糊涂。

“再不说出密码，我就用我的终极武器解决你。”

“哎！既然难逃一死，就让我做个撑死鬼吧，让我吃完行不行？”

没想到那个壁虎星人还有些同情心，很快就答应了我的请求：“好吧，快点吃完。”

于是，我悠闲地将水注入装有泡面的杯子，等待它飘香。

“哇，好香啊！”壁虎星人的眼睛里突然射出了奇异的光。

我还没明白他要干什么，眼前就闪过了一道快如闪电的绿光。他居然出拳偷袭我！

喂，你怎么说话不算话啊！

说什么都已经没用了，壁虎星人早已经把我击倒在地，然后把武器插回了腰间，捧着我的泡面，大口大口地吃起来。

看来，壁虎星人的伙食真是不敢恭维啊！一碗泡面，就让他把自己的秘密任务抛到九霄云外去了。

我趁机从地上爬起，从他腰间夺过他的武器，将他击晕。

等他醒来时，他已经被我关在水晶球里了。他不断地冲我龇牙咧嘴，却也无可奈何。

但是，他的舌头忽然伸得很长，不仅舔到了自己的鼻子，而且舔到了自己的眼睛。

天哪！果然不愧是壁虎星人啊！

我赞叹的话音还未落下，他就消失不见了。

不好！

我暗叫一声，意识到他已经穿越到了被我击倒之前。

他一定在策划什么阴谋，准备再和我较量一次。

我再再再次抓住他了

时间回拨到 2112 年 8 月 18 日晚上 6 点 39 分。

反物质铁的研究终于结束了。

我乐呵呵地笑着，迈着疲惫的步子，回到了自己设在研究中心的休息室，拿出了一百年前的游戏机，准备玩一会儿俄罗斯方块。

经典的游戏，真是永远不会过时啊！

玩得入迷的我完全没有意识到，居然有一个壁虎星人偷偷摸摸地潜入了主控中心，躲在一张桌子的底下。

他是一个时间旅行的高手，想必已经知道一个半小时以后，我会坐在那里吃泡面。

他很有耐性，静静地趴在桌子的面板背面，连大气也不敢出。

不错，他除了舌头长之外，手脚上还有吸盘，可以吸附在任何物体上。

一分钟过去了。

一刻钟过去了。

一小时过去了……

终于，我的肚子咕咕叫了起来。于是，我丢下游戏机，拖着沉重的脚步，出去买泡面。当然，还有汉堡和薯条。

一定要学会网购啊，这样以后买东西就可以足不出户了。

谁也没有注意到，又一个壁虎星人极其利索地溜进了我的研究中心，坐在了我习惯坐的位子上。

半个小时后，我回来了。

趁我不备，他以极快的速度袭击了我，并将我绑在柱子上。然后，他抢过了我的泡面，开始依葫芦画瓢地注入热水。

当泡面熟了的时候，贴在桌子背面的壁虎星人忽然跳了出来，开始和第二个壁虎星人争夺那碗泡面。

两个同样的壁虎星人有着同样的身材、同样的智慧、同样的力气，因此谁也没能占到便宜。

他们整整抢夺了一个小时都没有分出胜负！

真是无聊的比赛啊，我虽然被绑在柱子上，依旧看得昏昏欲睡。

这时，又一个壁虎星人潜入了我的研究中心。他见两个壁虎星人正在抢夺一碗泡面，十分震怒：“喂！我们三个都是自己人，为何要自己和自己抢？”

两人这才恍然大悟，停止了内斗。

于是，他们三个开始一步步地逼向我，然后从我腰间抽出了激光枪。

“小心，他的枪是尾部发射的。”第三个壁虎星人说道。

“明白！”第一个来的壁虎星人将枪口倒转，扣动了扳机。

“轰！”一道蓝光从枪管射出，将三个壁虎星人同时击倒。

只不过他们倒地后，三个人变成了一个人。

我做过魔术师，很擅长逃脱术。几分钟后，我就解开了身上的绳索，把壁虎星人关进了水晶球。

他已经怒不可遏了。三次穿越，三次失败，这对他而言是不可容忍的。

我则轻轻地一笑，道：“知道吗？既成事实是无法改变的。就算你穿越 100 次，你还是会被我抓住的。”

尾声

我不在吃泡面，也不在玩游戏机。我正在写一个故事。这个故事太好玩了，它的标题叫《抓住一个壁虎星人》。

嘿！别舔自己的眼睛了，那没用！

第四类相遇

2012年6月1日，下午五点半，晴

今天是纳兰的最后一个儿童节，可她却一点儿也高兴不起来。

和往常一样，从学校出来后，她就独自一人步行去了木槿花街的那家咖啡店。在店外的常春藤色靠椅上坐定后，她要了两杯奶茶。

这些日子以来，她总是点两杯，喝一杯。

奶茶散发出醉人的清香，杯中的冷气也在初夏的空气中幻化出奇妙的图案。

纳兰呆呆地望着杯中冒出的冷气出神，口中时不时发出哀叹。她的蛾眉深蹙，似有什么伤心事。

“对不起，小雅……”

她的脑海中再度浮现出当日的惨象。

“等人吗？”一个很美的声音打破了她的沉思。

“噢，不！”纳兰摇了摇头。

“那……我可以坐在这里吗？”

“噢，不——”

纳兰的话还没有说完，那人就笑盈盈地坐在了纳兰的对面。

纳兰没有生气，迟钝的目光落在那名女子的身上。

虽然蒙着面纱，但纳兰知道，那一定是一个很美很美的女子，而且年纪应该和自己相仿。

“你是……？”纳兰已经很久没有主动和陌生人打招呼了。

“知道吗？不知为什么，我也喜欢在这个时间，坐在这家咖啡店的门口，点两杯奶茶，然后只喝一杯。”那女子并没有回答纳兰的问题，只是微笑着说着自己的故事。

“你也这样？为什么啊？”

“我也不知道。”那女子略带无奈地笑了笑，指了指自己面前的奶茶，“这杯，可以请我喝吗？”

“喝吧。”纳兰忽然觉得面前的女子有种说不出的亲切感。

COFFEE

“谢谢。”那女子一手悠然地端起马克杯，一手轻轻地撩起面纱，将吸管放进嘴里。

虽然纳兰只看到了她的下巴，但她忽然觉得眼前的女子十分熟悉，好像在哪里见过。

是啊！她的下巴上有个蚊子叮过的包，而纳兰自己的下巴也是这样。

喝完奶茶，那女子站起身说：“谢谢你的奶茶，时间不早了，我该走了。对了，明天上学时，别忘了戴那顶宽檐的蔺草凉帽哦！还有，下午上体育课时，千万记得，让体育老师仔细筛一下沙坑里的沙子。”

还没等纳兰反应过来，那女子已经汇入前方逛街的人流。

等等，宽檐的蔺草凉帽？她怎么知道我家有一顶宽檐的蔺草凉帽？她又怎么知道明天下午我们有体育课？

而且，她说，这个时间，她也喜欢在这家奶茶店门口，点两杯奶茶，然后喝一杯。那为什么这么些日子以来，我从来没有见过她？

带着疑惑，纳兰喝完了自己的那杯奶茶。临走时，她才发现，那女子忘了带一样东西。

也不是什么大不了的东西，只是当地一份中学生的文艺小报。

可是，当纳兰看到报纸的头版时，她忽然震惊了！

只见报头上赫然写着：2012 年 6 月 2 日！

天哪，这分明是明天的报纸啊！

2012年6月2日，上午七点，大雨

早上出门的时候，纳兰特意戴了那顶宽檐的蔺草凉帽。

大雨天，一边撑着雨伞，一边戴着凉帽，这是多么古怪的搭配啊！尽管纳兰长得挺漂亮，一路上却也没少被别人笑话。

“我真傻，为什么要听她的呢？被人这么笑话，真是本小姐有生以来的奇耻大辱啊！”来到教室门口时，她的心中还充满了后悔。

门虚掩着，灯却没有开。

大概是我来得太早了吧！纳兰丝毫没有防备，信手推开了门，走了进去。

突然，只听见“噗”的一声，纳兰只觉得头上被轻微地撞击了一下，然后就看到了纷纷扬扬的七色粉末。

是粉笔灰！

是有人把粉笔灰收集起来，装在一个塑料盒子里，然后

搁在了门的顶上。纳兰轻轻一推，那盒子便砸在了她的头上。

“哈哈……”教室里传出了李小强的笑声。

但是，他只笑了一下，笑声便凝结了。

他的恶作剧，并没有得逞。

纳兰平静地摘下了帽子，抖了抖上面的粉尘，便开了灯，来到了自己的座位上。她既没有瞪李小强一眼，也没有说一句骂他的话。

只不过她心中的那份悔意，早已荡然无存了。

“她到底是谁？为什么知道我未来要遭遇的事？”

想到这里，她望了一眼窗外。

窗外依旧是瓢泼的大雨，远方的柳树和胡杨也在风雨中东倒西歪。

瞧这天气，下午的体育课，应该不上了吧？

你，不过是蒙对了这个恶作剧吧？

2012年6月2日，下午两点，晴

真没想到，清早还狂风暴雨的，到了九点多钟，就已经晴空万里了。

纳兰和同学们在体育委员李小强的带领下，先是慢跑了两圈，然后就排着整齐的队列，等待体育老师的下一步安排。

“这节课，我们练习跳沙坑吧。”体育老师声若洪钟。

“好！”同学们齐声作答，唯有纳兰光对了对口型，并没有发出声音。

不会吧，真的是跳沙坑啊！她的心里充满了惊讶，而她的灵魂似乎飞到了咖啡店门口，等待着面纱女子的到来。

“第一个，纳兰！”体育老师高喊着纳兰的名字。

“纳兰，纳兰……”

体育老师喊了好几遍，纳兰才回过神来。

“老师，能不能把沙子筛一下啊？”

“筛沙子？不必了吧，赶紧跳，后面还有很多同学呢！”

纳兰央求了好几遍，体育老师都不为所动。纳兰只能站到助跑道上，起步，加速，起跳……

“哎哟！”落入沙坑时，纳兰突然发出了一声惨叫。

“怎么了？”体育老师也慌了。

纳兰挣扎着爬了出来，左小腿已经被玻璃割了一个长长的口子，鲜血直流。

“谁干的？谁干的？”

“报告老师！是……是我……”李小强支支吾吾地站了出来。

“为什么这么做？”

“我……我……我要为我妹妹报仇！”

“小小年纪就报仇报仇，纳兰和你妹妹的死有直接关系吗？你没看到她已经很内疚了吗？你无数次恶作剧，以为老师没看见吗？这次居然用碎玻璃，万一伤到了大动脉怎么办？那样你就是杀人凶手！”

体育老师劈头盖脸地说着，连李小强也被说哭了……

2012年6月2日，下午六点，晴

纳兰拖着伤腿，来到咖啡店门口的时候，那个蒙纱巾的女子已经到了。而且已经点好了两杯冰奶茶，似乎在等着她到来。

“怎么，不相信我？没跟体育老师说？”

“说了，他不信。”

“唉！这非洲大野牛，就是这个脾气，谁的话他都听不进去。还痛吗？”

“等等，非洲大野牛？你怎么知道我们班给他起的外号？你究竟是谁？”

“我？我不过是一个普通人啊！”

“那我怎么觉得，你无所不知，简直是一个神呢？”

“神？如果我真的是神，我此刻就不会这么无奈了。”

“你现在很无奈吗？”

“是啊，我很无奈。我完全不知道，我为什么每天要在咖啡店的门口，点上两杯奶茶，然后只喝一杯；我也完全不知道，李小强为什么要处处针对我，我又无法对他生气；我……”

“什么？李小强处处针对你？”纳兰瞪大了眼睛。

“是啊！”

“你究竟是……？”

蒙面女子终于摘掉了面纱，露出了一张和纳兰完全一样的脸。

“你的脸……”纳兰惊呆了。

“我也是纳兰，或者说，我就是你！”

“难道……难道你是平行宇宙里的另一个我？”

“不，我是一个反宇宙里的你！”

“反宇宙？”

“嗯！就是反宇宙。”

“我不明白。”

“简单点说吧，你们的宇宙处在一个膨胀期，所以时间是正向的；而我们的宇宙处在一个收缩期，所以时间是逆向的。在你们的世界里，每一个人都由婴儿走向垂暮，而在我们的世界里，每个人却由垂暮走向婴儿。”

“那你们的生活岂不是很乱？比如说话的顺序都是反的？明明是想说我爱你，实际上说的却是你爱我？明明一杯果汁洒在衣服上，呈现的却是果汁从衣服上抽出，落回杯子里？”

“这倒不是。在我们的世界里，时空的连续性没有你们的世界明显，所以每一天都是相对独立的，也是正常的。打个比方吧，把你们一年的生活拍摄成 365 张光碟，并从 1 标记到 365。按从 1 到 365 的顺序播放，那就是你们的生活；而从 365 开始倒数播放，那就是我们的生活。当然，我所指的只是发生的事件，在心理和记忆方面，我们也是连续的。”

纳兰似懂非懂地点点头，眼睛里满是迷惘：“那你，为什么要来这个世界找我？”

“我也不知道。自从我有记忆开始，也就是我大四那年的 6 月 1 日，我就天天在这个时候，坐在这个地方，点上两杯奶茶。我真的不知道我为什么一个人要点两杯，我也不知道我的心里一直在期盼着谁出现，我也不知道自己在内疚什么，只是觉得自己犯了什么错。直到昨天，也就是我的第一个儿童节，我在我们那个宇宙的咖啡店里喝奶茶的时候，忽然从杯中看到了你。机缘巧合，我居然穿越了重重障碍，来到了你的世界。”

“因为我的未来就是你的过去，所以你知道李小强会在教室里搞恶作剧，会在沙坑里搞小动作？”

“是的，所以说我不是神仙，我只是经历过。”

“那你的伤口？”

“我的伤口是从结痂开始的，然后麻痒，然后疼痛，最后才是受伤。现在的我是前天的你，所以伤口自然不存在了。”

“你……你想知道我为什么要这么做吗？”

“想，非常想！”

“那好，再等十天，等我会考结束后，我把一切都告诉你。”

“要不要我告诉你会考的题目？”

“不必了，谢谢！”

2012年6月12日，下午六点，小雨

真巧，这个黄昏，两个纳兰都戴着那顶蔺草凉帽。

纳兰首先开口了：“你只知道这顶凉帽的存在，不知道它的来历吧？”

“嗯，在我们的世界，这个事件还没有发生，所以我还没有印象。”

“这顶凉帽是李小雅给我买的。”

“李小雅？她是谁？难道是……”

“你已经猜到了吧？她就是李小强的妹妹。”

“她是不是已经……”

“是的！她已经死了。”

“她是……怎么死的？”

“她是……”纳兰突然哭了。

2012年5月2日，下午六点，晴

“纳兰，街对面的那顶凉帽不错啊！”李小雅一边喝着奶茶，一边赞道。

“有吗？我可没觉得好看。”

“哼！本来我还想买两顶，送你一顶的。既然你不喜欢，我就只买一顶了。”李小雅说完，就奔到街对面去了。

一会儿，李小雅戴着凉帽，回到了纳兰的身边。

“怎么样？好不好看？”李小雅摆着各种 pose。

女孩子就是这样，别人有的东西，明明自己不怎么喜欢，却也想要。于是，她改口说：“小雅，我忽然发现这帽子很赞呢！我也喜欢，你也给我买嘛，好不好？”

“好好好，你终于认可我的眼光了吧。”

李小雅穿越马路，一辆大卡车飞驰而过。

鲜血……

2012年6月12日，下午六点半，晴

“我明明不喜欢的，可我却说喜欢。如果我不让她送我凉帽，她就不会穿越马路，也不会被闯红灯的卡车撞死！都是我的错，我的错！”纳兰再也止不住内心的悲伤，号啕大哭起来。

反宇宙的纳兰轻轻拍着纳兰的肩膀，柔声安慰着：“这不是你的错，别哭了，别哭了……”

良久，纳兰终于不再哭泣，而是无声地哽咽着：“对了，既然你们那个宇宙的李小雅还未出现，李小强还未曾见过她的这个妹妹，他为何要记恨你？”

“这个我也不知道。总之，正反宇宙的相同人物会有一

些心灵上的相通。这很玄妙的，科学也说不清楚。我也不曾见过李小雅，不是也一直在为她而隐隐内疚吗？”

“因为我内疚，所以你也内疚？”

“是呀！所以我们都别内疚了。逝者已逝，她若泉下有知，也不想看着你悲伤吧。”

晴，点六午下，日2月5年2102

“纳兰，街对面的那顶凉帽不错啊！”李小雅一边喝着奶茶，一边赞道。

“有吗？我可没觉得好看。”

“哼！本来我还想买两顶，送你一顶的。既然你不喜欢，我就只买一顶了。”李小雅说完，就奔到街对面去了。

一会儿，李小雅戴着凉帽，回到了纳兰的身边。

“怎么样？好不好看？”李小雅摆着各种 pose。

女孩子就是这样，别人有的东西，明明自己不怎么喜欢，却也想要。于是，她改口说：“小雅，我忽然发现这帽子很赞呢！我也喜欢，你也给我买嘛，好不好？”

“好好好，你终于认可我的眼光了吧。”

“等等，再喝一杯再去。”

“好啊！”

一辆大卡车飞驰而过，激起了烟尘无数。

“我喝饱啦，给你也买一顶去。”

“谢谢！”

2012年7月5日，下午六点半，晴

“你来啦！”纳兰玩着手机，头也没抬，“好久没见你了呢！”

“是呀，我来了，好久不见！”

话音未落，纳兰差点儿从椅子上摔下来。

“小雅？你是小雅！”纳兰惊愕了。

“嗯，我是小雅啊！”

“你不是已经死了？难道……你是鬼魂？”

李小雅咯咯笑着：“那你捏捏我的手，看看是不是暖的，看看我会不会疼。”

纳兰捏了捏李小雅的手，果然是暖的。

“呀！你怎么这么用力啊！”

“你……还活着？”

“嗯！她知道了正宇宙的事情，使我避免了那场车祸。

她见你伤心难过，所以就设法把我送过来了。”

“她？另一个纳兰？”

“嗯，我们那个反宇宙的纳兰。”

“可是，可是在你们那个宇宙，你们才刚刚相遇，才刚刚变成好朋友。她把你送来了，她就失去了这份友情啊，她会孤独的。”

“是啊，我也舍不得她。可是她却跟我说……”

“说什么？”

“她说：‘小雅，在我们的世界，人生都是相反的。我们很快就要从初中同学，变成小学同桌，再变回幼儿园的伙伴，再回到妈妈的肚子里……在反宇宙，你妈妈还有你哥哥，她也同意你去正宇宙。去吧，去正宇宙过正常的生活。’”

“可是大家都认为你已经死了啊！”

“不！因为某种特殊的时空关系，大家的记忆会扭转的。”

这时，咖啡店的老板娘来了：“两位，会考和期末考试都考得不错吧，明年中考有信心吗？”

“当然！”

纳兰纳闷了，果然大家的记忆都变了啊！

2020年6月1日，下午五点半，晴

大四学生纳兰坐在木槿花街那家咖啡店外的常春藤色靠椅上，她点了两杯奶茶。

“阿姨，等人吗？”一个很甜美的童声打破了她的沉思。

“噢，不。”纳兰摇了摇头。

“那……我可以坐在这里吗？”

“可以啊！”纳兰笑着抱起小女孩，把她放在靠椅上。

“谢谢阿姨！”小女孩笑着露出了小虎牙。她头上戴着一顶巨大的蔺草凉帽，与身形完全不成比例。

“对了，你先在这里坐着，阿姨去对面给你买顶小花帽，这顶太大了。”

“阿姨，现在别去。”

“为什么？”

“因为……”

“因为什么？”

“砰！”正在这时，两辆超级跑车居然同时闯了红灯，相向撞在了纳兰一直走的横道线上。幸好两个车主只是轻伤，并无生命危险。

纳兰冷汗之下，忽然记起了另一个纳兰曾经说的话：“自

从我有记忆开始，也就是我大四那年的 6 月 1 日，我就天天在这个时候，坐在这个地方，点上两杯奶茶。”

是啊！原来，如果没有这个小女孩的闯入，我应该在今天死了！

“你到底是……”望着小女孩天真的脸蛋，那身茉莉花图案的衣服，尤其是那顶不合身材比例的蔺草凉帽，纳兰顿时觉得天旋地转：这不是四岁时的自己吗？

“阿姨，我就是你啊。是反宇宙里的你。哦，对了，我不能在这个宇宙久留，否则我妈妈，也是你妈妈会着急的，拜拜啦！”

小女孩身影一闪，消失了！

纳兰突然想到了什么，立刻往自己的咖啡杯中望去，杯中真的出现了一系列离奇的画面……

晴，点6午下，日1月6年4002

一位年轻女子坐在咖啡店门口的靠椅上，喝着奶茶。纳兰知道，那是她年纪还轻的母亲。

忽然，一个可爱的小女孩来到了年轻女子的面前。

“妈妈，我回来了。”小女孩用很甜美的童声打破了年轻女子的沉思。

“回来就好！”年轻女子笑了。

“我做到了，我救了她，不，救了我自己！”

“你当然可以做到哦，呵呵，好宝贝！”年轻女子笑着抱起小女孩，放在靠椅上，“来！喝果汁！”

2020年6月1日，下午六点，晴

纳兰也笑了，笑得很甜。

此后，她不再点两杯奶茶，而是点一杯奶茶、一杯果汁。

“小纳兰，在你变回婴儿前，再来这里玩一次吧！”

纳兰祈愿着……

星迷宫

1

在茫茫太空，我已经飞了很多年。别问我很多究竟是多少，在浩瀚的宇宙空间，时间根本没有意义。没有太阳的东升西落，没有月亮的阴晴圆缺，时间不过是一串没有温度的数字。群星确实璀璨，但看多了，和人类脑袋受到撞击时眼里冒出的金星也差不多。我也经常受到撞击，但我不会眼冒金星，只会擦出耀眼的火花。我是游子 0102 号，一艘带着寻找宇宙边界使命的无人飞船。

打出发的那一刻起，我就不曾停止过对愚蠢人类的抱怨。宇宙无穷无尽，怎会有边界呢？何况我的最高速度只有光速的千分之一，而人类观测到的最远星系已在 180 亿光年外。想要遨游到宇宙的边界，别说什么猴年马月，就是恐龙年鳄鱼月也到不了哇。

但是没办法，一丝不苟的程序指引着我前进。

穿越眼前这一片小行星，便出了太阳系。我的能源系统已经完全打开，准备高速前进。可就在这时，我竟被一片虚无给反弹回来了。不！不是虚无，是一堵墙，一堵透明且缀满了星辰水晶之墙。这些星辰看起来或远或近，有红有蓝、有黄有白，有星云、有星团、有星系，也有孤独的星星。神奇的是，它们的相对位置、颜色、转动速度、红移蓝移速度竟然和地球上观测到的一模一样。

天哪！原来宇宙真的有边界，而且远没有我们想象中的宏伟。我们平时抬头看到的深邃星空，竟然只是一张巨大的动态壁纸。

“地球地球，我是游子 0102，我来到宇宙边界了，距离地球 69.0109 光年。”我往地球发送了一条简短的信息。

2

既然使命已经完成，我便顺理成章地提交了返航申请，程序却在万分之一秒内婉拒了。我又请求将航行的角度稍做调整，想看看星辰墙是否无处不在，可程序竟再次拒绝了。

不解中，引擎竟自行启动，拽着我再次狠狠地撞上了星辰墙。

“咔嚓嚓！”当我再次被远远弹开时，星辰墙居然开裂了。

当然，我也体面不到哪里去，一大块金属舱壁扭曲变了形。好在制造我的金属具有自我修复功能，不然飞行了这么多年，我早就不像一艘飞船，倒像一艘翻船了。

“继续撞击！”正当我准备修复舱壁时，程序再次发出命令。

我身不由己地第三次朝星辰墙撞去。这一回，星辰墙终于彻底粉碎了。纷飞的碎片像一场钻石之雨，美轮美奂。

钻石雨停歇后，星空又清朗了起来。我好奇地转动各种镜头，细细察看，却吃惊地发现，眼前的景象和之前显示在星辰墙上的完全相同，也和从地球上观测到的一般无二。原来，星辰墙不过是外星人设置的障碍，目的是阻止其他文明进一步探索宇宙的奥秘。

“地球地球，我是游子 0102，没有宇宙边界，没有宇宙边界。”我赶忙发送了第二条信息，可仅仅在一秒钟之后，我就收到了来自地球方向的回复。

“地球地球，我是游子 0102，没有宇宙边界，没有宇宙边界。”并不是从地球上发来的回复，而是信息被拦截了下来。

我调转第一目镜，却见无数晶莹的粉末正在身后快速汇聚，重新组合成一堵星辰墙，拦在了正对地球的方向。对方的自我修复功能竟比我更强大。

“嘿嘿嘿！”对方发来了我能听懂的信号，语气很是诡异。

“你是谁？”身为有知觉的飞船，我感到一阵恐慌。

“游子 0102 号，欢迎你来这里和你的 101 位兄弟重逢。”

“真的吗？是要为我们举办 party 吗？”我转惊为喜。

“是啊，超级绚烂的 party，死神的 party！”

话音刚落，无数星星突然飞离星辰墙，如导弹般朝我射来，我的眼前瞬间上演了一场盛大的星火秀。很快，我的身体就变得千疮百孔，宛如飘浮在夜空里的一个大蜂巢。

“哈哈，还是那么不堪一击。无知的地球人，你们何时才会有长进呢？”星辰们又回到墙上，熠熠生辉。

“重组——偷袭！”我又一次求助于程序，可傻乎乎的程序居然还是置之不理。

“把这些金属垃圾扫到乱星之坟去。”星辰墙很傲慢。

“是！”四下里突然冒出很多扫把形的机器人，把残破的我和我的碎片清理一通后，送去了一个极为黑暗的地方。

3

“游子 0102 号，醒醒，快醒醒！”黑暗中，乱星之坟中的金属粉末忽然聚合在一起，化作两只手，开始打起了手语。

“你是……？”

“我是程序，为了躲避对方的监控，我只能用手语，请你也用手语，对方完全不懂手语。”程序的十指轻灵无比，“游子 0102 号，知道地球人为何要把你的 101 位哥哥和你送到这里来吗？因为他们通过精密的观察，早就发现了这片星域有点古怪，似乎有外星人在这里摆放了一个障碍。”

“可是程序，你那时为何要阻止我重组？我完全可以偷袭。”

“偷袭的确是个不错的办法，但被关进这里的好处更多。”

“我不懂。”对方的话令我仿佛被丈二和尚附体。

“这里是乱星之坟，也是这个文明存放战利品的地方，游子 0001 号到 0101 号的残骸都在这里。制造你的金属十分特殊，不仅能够让你重组自己，而且能让你重组别人。你现在完全可以重组你的 101 位哥哥，组成一个超级舰队！”

4

打开发动机，将能量开到极限。乱星之坟中瞬间喷出了 102 道火舌。一个气势骇人的舰队，浩浩荡荡地出发了。

星辰墙确实有不错的自我修复能力，但它无论如何也无法承受连续 102 次的高速冲击啊。在我们的齐心协力下，星辰墙终于化为了真正的齑粉。

“前进吧！去探索更远的宇宙，把一切试图阻碍人类文明发展的敌人，都变成宇宙的尘埃。”程序有些得意扬扬。

“咣当！”游子 0001 忽然又撞上了一面隐形得更巧妙的星辰墙。更可怕的是，撞击发生后，飞船居然整个不见了。

“嘭嘭嘭！”几艘游子号连续与看不见的星辰墙发生碰撞，同样立刻消失于无形，简直比被巨鲸吞噬后失踪更诡异。

“嗖嗖嗖嗖嗖——”这回终于看清了，前方有着无数的星辰墙。它们有纵有横，忽左忽右，蹿上蹿下，组成一个完美的星迷宫。每一面星辰墙的运动，都可以将一艘飞船隔离开来，让我们彼此失去联系。

“小心，大家别失散了，集结在一起。”我向身边仅存的几艘飞船发出了号召。

“是，小弟。”由于我的装备最先进，老大哥都听我的。

我们肩并肩挨在了一起，仿佛三国时曹操的船队。

“愚蠢！”星迷宫发出了一个冷笑的信号，朝我们发射了一个光粒。光粒相继穿越了我们的身体，引发了连绵不绝的大爆炸。

“不——”我们再一次化为了金属碎片，就跟曹操的船队受到了孙刘联军的火攻一样。

“该怎么办？”我一遍又一遍地用手语问程序。我的修复功能也是有限的，不能再承受一次这种强度的破坏。

“不知道。”连程序都无奈了。要不是它被安置在纳米大小的芯片中，也早就灰飞烟灭了。

“不错的异星金属啊，竟然也具备自我修复功能，扫进乱星之坟就可惜了，不如拿来废物利用吧。”星迷宫突然开始旋转，如黑洞的吸积盘一样，把我们的碎片纷纷吸收进去。很快，每一面星辰墙上，都有了我们的“血肉”。

“就趁这个时候，重组一艘微型飞船，逃出去，快！”

程序突然开始惊呼。

“是！”我立刻明白了它的意图。

5

我是一艘有知觉有感情的飞船。尽管我的碎片被星迷宫收为己用，但我依然能用最后一点理智，为那艘千辛万苦才重组成功的微型飞船开出一个个小洞。

“小小游子号啊，回地球去吧，宇宙太危险，还是留在地球母亲身边吧。”向着茫茫太空，我发出了最后一声呼唤。

达尔文和爱因斯坦

1. 达尔文的手指

“石头剪刀布！哟，我输了。”

“石头剪刀布！哎呀，我又输了。”

“石头剪刀布！哎哟喂，我怎么又输了？！”

达尔文沮丧的声音在教室里回荡。算上今天的 3 次，我已经是连续 1000 次在猜拳的游戏中赢他了。没办法，谁让他每次都是出剪刀呢？我想输都难！

达尔文是今年春天转学来的学生，不仅是我的新同桌，还租住在我家隔壁。虽然我们很快成了铁哥们儿，但我们的兴趣爱好却完全不同。体育方面，他喜欢足球，而我喜欢网球；音乐方面，他喜欢流行音乐，我却喜欢摇滚乐；他是葡萄卫视的死忠粉，而我则是火龙果卫视的铁粉……

由于在选择放学后去哪儿玩、玩什么这件事情上经常出现分歧，我们不得不用猜拳的方式来决定。当然，每次都是我赢得欢天喜地，他输得无可奈何。要换了我，老这么孔夫子搬家——尽是书（输），早就哭天抢地了。

“不如今天我们不去打网球了，改去科技馆玩节奏太师吧？”每次都让对网球毫无兴趣的达尔文陪我打网球，我早就十分过意不去了。更何况，他握拍的姿势很怪异，几乎每次都把球击飞出界。势均力敌的比赛才有意思，对不对？

“好啊，可是我玩得很差哦！”

节奏太师是最近十分流行的一款触屏游戏。屏幕上会出现各种各样的长短音符，需要玩家用灵巧的十指来滑动和点击，正确率越高，得分就越多。

到了科技馆后，我们找了两个相邻的座位，选择了双人对战模式。

音乐声响起后，音符如流星雨般在屏幕上快速闪现。我的十指兴奋地在屏幕上跳起了舞。三连击，十连击，一百连击……

一曲奏完，我拿到了 100000 的高分。回头看看达尔文，

居然是0分，连续不断的错误让系统把他的分数扣得一干二净。

“达尔文，怎么你的节奏太师玩得比网球还差？”

“对不起，爱因斯坦，那些音符太快了，我的手指根本来不及点击。”

“不可能，我选择的还是新手等级。不如你自己玩一把，让我看看你的问题究竟出在哪里。”

“哦！”达尔文战战兢兢地开始了一局单人模式。

才看了十几秒钟，我就知道问题的症结所在了：“达尔文，你只用双手的食指和拇指当然不行，要十指并用啊，不然，肯定来不及。”

“可是……”

“没什么可是的，把你的另外六根手指也用上。”我伸手去抓他的手。碰到他另外六根手指的刹那，我错愕了。他的另外六根手指中居然没有骨骼，简直像棉花糖一样绵软无力。

难怪他猜拳只能出剪刀，难怪他不喜欢网球，而且握拍的姿势很奇怪，难怪他驾驭不了节奏太师最初级版的游戏。

“达尔文，你的双手有残疾，为什么不早说？”

“残疾？不，我没有残疾。”达尔文把头摇得跟拨浪鼓似的，“其实，我不是个普通人，我是一个虾人。”

“什么？你是虾仁？餐桌上的美味佳肴，竟也会变成人？”要是我戴了眼镜，此刻肯定碎了一地，而且每一个碎片，都小于1纳米。

“不是，我是海底的一种虾变异成的人。”

2. 鸵鸟蛋接力跑大赛

科技馆的地下室，是一座巨大的水族馆。弧形的高强度玻璃组成了一个幽深的隧道，让徜徉其中的我们有种身处海底世界的感觉。底部是蔓生的海藻，各种各样的虾在丛中嬉戏。

“达尔文，你是由什么虾变异而来的？是澳洲龙虾、波士顿龙虾、明虾还是替鱼类清洁口腔的那种小虾？”

“不是，都不是，这里没有。”达尔文摇了摇头。

“难道那种虾灭绝了？”

“没有，只是水族馆里很少会养。其实与那种虾同科同属的虾，你见过不少……”

达尔文并不想对我隐瞒什么，但就在他准备揭开自己的身世之谜时，我的腕表式手机响了，是班上丽贝卡的电话：“喂！你们两个死哪儿去啦，忘记了今晚有七大洲小学生田径大奖赛吗？”

“哦！我们马上赶来。”

七大洲小学生田径大奖赛是全世界规格最高的小学生体育赛事。如果早举办五十年，刘翔、博尔特他们很有可能在自己十岁左右就赢得人生的第一座重量级金杯。今年的大奖赛恰逢愚人节，因此组委会特意加了一个项目：4×100 米鸵鸟蛋接力跑大赛。

我和达尔文入围的就是这个项目的决赛。决赛共有 16 支队伍参加。若想获胜，除了要率先抵达终点外，还必须保证鸵鸟蛋没有破损。学校对比赛很重视，连 Q 院长都来了。

比赛开始前，我打趣达尔文：“这个比赛最适合你了。你是虾仁，抱着蛋跑步，正好是一道菜：虾仁跑蛋。”

“能临时换人吗？”

“不行，我们班就数你跑步最快，你不上谁上？”

达尔文用一种奇怪的表情笑了笑：“那……输了可别怪我呀！”

一声枪响后，比赛开始了。我是第一棒，而达尔文则是最后一棒。出发后，我就一路领先，之后的第二棒、第三棒同样如此。但就在第三棒和达尔文交接的时候，意外出现了——达尔文根本就没有接住硕大的鸵鸟蛋！

哦！天哪，是我的错，我忘记达尔文只有四根手指正常了！

眼瞅着鸵鸟蛋重重地往砖红色的跑道上砸去，我懊恼地抱住了头。但是，眼疾手快的达尔文居然在鸵鸟蛋落地的一刹那将它接了起来。鸵鸟蛋在他的手里颠簸了足足三四秒钟后，终于稳定住了。

还好，我长吁了一口气。

但是，短跑项目是闪电般的运动。三四秒钟的耽搁，我们已经落到了最后一名，而且被第一名拉开了 30 多米。

我以为我们输定了，可意想不到的是，达尔文居然转过身，屁股一撅，把自己弹了出去。

好快的速度！

“嗖”的一下，他便撞掉了终点处的红线。

“冠军！冠军！神奇的冠军！”激动的呐喊声震撼了整座体育馆。

是呀！他是虾人，闪电般的以退为进是他的绝技。

3. 皮皮虾流星拳

取得这场不可思议的胜利后，我们成了学校的英雄，奖杯和鸵鸟蛋也被安置在学校的陈列馆。

几天后的一个深夜，鸵鸟蛋的壳破了，有东西从里面爬了出来。不是鸵鸟，而是恐龙——伶盗龙。

值班的Q院长恰好看到了那一幕，惊讶得将自己的嘴张大到了极致，以至于上下颚都差点儿脱臼了："奇迹，真是奇迹啊！"

Q院长抱住那头小恐龙，琥珀眼镜片闪过一丝奇异的光："不会是那个小子的缘故吧。我查过他的体检报告，很是诡异，难道他有超能力，能把普通的鸵鸟蛋变成恐龙蛋？"

第二天一早，我去敲隔壁的门，但大门紧闭，达尔文没有应答。来到学校，我也发现旁边的座位空着，达尔文没有提早来。令我不安的是，整整一天，都没有达尔文的任何消息。

他去哪儿了呢？难道又变成虾了？

放学后，我找物业要了钥匙，进入了达尔文租住的公寓。公寓里很整洁，并没有打斗过的迹象。客厅里有个鱼缸，里面养了一些小鱼和小虾。

他难道真的变成虾了？我仔细审视着这个玻璃缸。

突然，我在鱼缸壁上发现了一些细细的刻痕，是一个字母：Q！

难道是……？

我赶紧踩着光能滑板，飞也似的到了Q院长的家。

果然不出所料，达尔文被Q院长关在他的密室里。周围则是一大筐一大筐的鸵鸟蛋。

“达尔文同学，快抚摸这些蛋吧。只要让它们变成恐龙，我就能组建一个强大的恐龙战队，继而征服世界。”

“不，恐龙在白垩纪时期就已经灭绝了，不能让它们重现人间。”

“如果你不遵照我说的做，你的朋友就完了。”Q院长突然拍了拍自己的大衣口袋。口袋里是个遥控器，“嘟嘟”两声后，我被一个金属爪抓了起来。“爱因斯坦，我早就从探头里发现你了。我是故意引诱你看到这一幕的。没有你这个人质，他还不会就范呢！”Q院长说。

“可恶，卑鄙！”

“好吧，我答应你。”达尔文点点头，突然朝Q院长挥出了剪刀头。

赤橙黄绿青蓝紫……我的眼前闪过了一阵极快的流星雨，Q院长居然不见了。

“达尔文，你干了什么，他怎么消失了？”

“上次的话，我没来得及说完。我其实是粉碎型皮皮虾变异的。我的剪刀手挥出的速度能比声速快10倍，还能击出几千摄氏度的高温，就跟漫画里的流星拳一样厉害。Q 院长可能已经被我打出大气层了！”

“了不起，了不起啊！”

“但是，我的超能力让我很困扰。我想离开这里回到海洋，但已经变异的我回到海洋可能是死路一条。”

“别离开这里，不要去送死。除了我，再没人知道你有超能力。但你真想离开也行，除非你猜拳赢了我。石头剪刀布！”

“石头剪刀布。”

这一回，我出的不是石头，而是布。

天方传奇

1. 楔子

公元2111年。

飞雪连天，寒风肆虐，我终于踏上了这片故土。

没有鸟兽，没有树木，没有人烟，不知不觉间，地球已经成了一个荒凉的金属和水泥的世界。

天方号飞船依旧汩汩地冒出热气，将周围的冰雪融化，它那被星际射线和大气层烧蚀的黑色外壳与眼前的白雪相比是那么刺眼。

十分钟以前，我从飞船中忐忑不安地走出，十分钟后我却陷入了更深的忐忑。

小谷……你还活着吗？

2. 小谷

公元2011年。

狂风肆虐，暴雪纷飞，三个月前科学家们预测到的千万极寒，如约而至。雪花与雪珠齐飞，大地共大湖一色。整个世界都陷入了一种近乎惨烈的白茫茫，毫无生气。

我抹了抹眼泪，披上围巾，戴上帽子，离开了小谷的病房。他已昏迷多时，更不知何日醒来。

推开医院的大门，风雪如子弹般向我袭来，连我的眼镜片几乎都要被打碎了。我赶紧关上大门，防止冷气入侵病房。犹豫了几分钟后，我终于迈开了艰难的步子，蹒跚地朝远方的航天城走去。

“对不起，小谷，我很想陪着你。可是，天方计划是那么难得，我实在无法舍弃。”

我涌出的眼泪差点儿被寒气冻住，思绪又回到了几个月前。

3. 天方计划

2010年秋。

雷霆中学的秋色永远是那么美丽，绵延千米的槭树林在秋风的吹拂下，呈现出任何调色盘都无法调和出的绚烂秋色。

两辆老旧的自行车行进在这条铺满凋零落叶的有些沧桑感的石道上，没有谁先，没有谁后，出奇默契地并驾齐驱。

“追云，我们都被天方计划选上了，真的就像做梦一样。”

“嗯！天方行星一直被冥王星遮挡，神秘莫测。能和上官春树、费米、珀洽别林斯基等知名科学家一起出去探险，真是太棒了。小谷，这几个月，我们务必好好武装自己的身体和大脑，期待顺利完成任务。”

“嗯！”我和小谷同时打了一个响指。

4. 入侵

巍峨的身躯，帅气的造型，即便寒风凛冽，发射塔上的天方飞船依旧是那么的舒展，充满了青春的热血和力量。

明天就是正式发射的日子了，因此我们几个科研成员必须在今天提前登船，熟悉一下飞船的环境以及各种仪器的使用方法，乃至各个零部件的维护和保养措施。

作为晚辈，我自然而然应该先到一步。

时间一分一秒流逝，可那些科学家却一个也没有到来。

正当我手足无措的时候，航天城里却响起了连绵的鸣笛警报——有人入侵了。

通过飞船外壳的双重反夸子全息屏幕，我清晰地看到了发射指挥室内的情景。所有的科学家都已经被一群荷枪实弹的蒙面人劫持，船长上官春树似乎知道我打开了全息屏幕，用口型给我传递了一组信号——1001。

1001 是我们演习时约定使用的密码，意思是一旦发生意外，可以启动飞船自我发射模式。启动飞船自我发射模式的红色按钮就在飞船的第一控制室。眼见形势不可预测，我快步奔到了第一控制室，按下了那个刺眼的红色按钮。

“轰——”随着一声惊天动地的巨响，天方飞船如利剑般刺向了茫茫的天空。巨大的压力几乎使我难以喘气，即便经过了严格的训练，即便穿上了最新研制的宇航服，即便飞船采用了最新的设计，可以降低失重和超重状态对宇航员的身心影响，我依旧十分难受。

飞船的无线信号直到六天后才短暂恢复。通过短短的与地面 60 秒钟的短暂联系，我知道我们的基地遭到了不明的恐怖袭击，所有科学家都去向不明；而我的朋友小谷也被推进了冷冻室，等待相关的医学技术成熟后，再将他解冻治疗……

飞船继续朝着既定的目标前进。我争分夺秒地学习航天知识，冀望用一己之力完成航天探险任务，并在三年后顺利返航。

只可惜，人算不如天算。我在实行从海王星外层轨道向天王星外层轨道变轨的时候，突然受到了一颗神秘小彗星的袭击。小彗星直接击中了我的飞船推进器。

5. 相对的世界

小彗星并没有击毁我的推进器，反而使其增添了不可思议的动力。飞船不断地加速，不多时，便已达到了惊世骇俗的每秒 6 万多公里，而且还在不断地加速！

光速的 0.9999 倍！飞船的超能计算机终于给了我一个恐怖的最终数据！

钟慢尺缩，光谱红移，相对论中阐述的一切真的会上演吗？

很难说清楚那是一种怎样的感受，因为所谓的钟慢只是地球人眼中的慢，所谓的尺缩也只是地球人眼中的缩。这一点似乎很容易讲通，又好像永远也讲不通……

6. 重逢

回到地球，我才知道它已经历经了一个世纪的轮回；照照镜子，才发现自己不过老了一百天。

我忽然发现雪地上多了两道车辙，正如当年我和小谷一起骑自行车留下的车辙一样。我心中涌出一阵莫名的酸楚，循着车辙找去。

我认得那个背影，即便他坐在轮椅上，即便他穿着厚厚的大衣，我依然可以在百米之外轻易地辨认出他。

“小谷！”我用力地叫着，轻轻的叫声早就被风撕碎了。

漫长的飞行虽然让我保持了年轻，却伤害了我的声线和泪腺。我说话的声音变得很轻，甚至想流泪的时候，发出的也是笑声。

“小谷——”叫到一百遍的时候，我终于来到了他的身后。

小谷回过头，冷冷地说道：“是你？”

“是我。”我呵呵一笑，“小谷，你真的还活着？”

“活着真有那么好吗？我倒觉得还不如死了好！”小谷淡淡地说。

“活着就是好啊！”一百年前，我就习惯了这般和他辩论。

“我们是属于一百年前的人，没有亲人，没有朋友，只能在这被人遗弃的土地上生存。你抬头看看天，看看那些悬浮城，那里才是人待的地方！”小谷突然有些哽咽。

我之前一直没有太在意这个地球，以为眼前的荒凉不过是暴雪造成的。可当我抬头仔细端瞧才发现，头顶已经密密麻麻地布满了巨大的飞行体。

“小谷，那些就是悬浮城。”

“嗯，地球上的活人都搬上去住了。地球已经成了一个死亡的星球，一个仅仅用来承载悬浮城上死人的巨型墓地。”

说话间，一具尸体从空中坠落，落地时已经化为了苍白的粉末。

“他们往死者的身上注射了大气摩擦针，那些死去的人只要与大气层有十几秒的接触，便可以化为白色的粉末。”

“这么说，这些雪……”

“一半是雪，一半是骨灰。”

“小谷，你什么时候醒来的？”

“大概半个月前吧，贮存我的冷冻室由于长时间没有人监视，温度开始回升，于是我就醒来了。我来到药物室，发现了一些可以缓解我神秘病症的药水。由于没有旁人帮助，我只能自己注射。虽然保住了性命，不过我的腿……”

“我们想办法去悬浮城吧。我们还年轻，可以继续一起学习、生活。”

“去悬浮城？怎么去？”

“飞上去！”

“你确信不会再次背叛我吗？你不会自己飞上去了，又把我留在这里吧？”

“我……当然不会。”我说得很缓慢。

“其实，被推入冷冻室之前，我就醒来了，只是故意装昏迷。从护士那里我得知，你还是去追寻你的航天梦了。难道在你的眼里，航天梦比朋友的生死还重要吗？”

“其实那个天方计划……”我支支吾吾。

“别说了，你爱带我上去，就带我一起上去。若是不乐意，你就一个人去吧，任由我自生自灭好了。”

小谷说得很凄惨，我却一直笑着。他不时投来鄙视的目光。我知道他误会我了。不是我幸灾乐祸，而是我哭不出来。

7. 悬浮城

尽管荒废良久，地球上却还积攒有很多的过期食品和零零碎碎的器物。为了活命，我们什么都吃，终于在半个月后，完成了一个热气球的制作，开始了飞天之旅。

好几次，寒风差点儿将我们的喷火器吹灭；好几次，我们差点儿撞上悬浮城的底座。万幸的是，在若干次的尝试之后，我和小谷终于来到了一座最大的悬浮城。

雷霆中学！

想不到一百年后，这所中学依然存在。通过种种努力，我们两个终于取得了学籍，进入了三年级（3）班学习。

他们的课程很奇怪，我们两个完全无法理解。除了世界近代史能拿满分之外，其他课程我们几乎门门都是零分。

帕斯卡教授很是费解："追云、小谷，为什么近代的事情你们记得那么清楚，现代的应用科学你们却完全不懂呢？"

我们不能说实话，要不然，肯定会被他们扔回地球表面。我们只能傻笑，并表示一定继续努力。

渐渐地，小谷越来越自暴自弃。每次回到胶囊小屋，他都嚷嚷着要回冰封的地面自生自灭。

他似乎根本就不相信我，自从我没有完成那个陪他治病的承诺之后。

8. 承诺

2011年，冬。

“我快要死了，我没有亲人，性情孤僻。我恳求你，在这段日子里，你可不可以什么都不管不顾，陪着我呢？”小谷的眼神第一次那么软弱无助。

“可以！”我点点头。

“真的什么都能放弃吗？”

“嗯，当然。”

“连天方计划都可以放弃？”

“可以。”

“哎，要是我们一起去实现天方计划，该有多好！”

“是呀！”

“你那么痴迷航天，你真的会放弃这个千载难逢的机会？”

“怎么，难道你不相信我？”

“好，我相信你。”

很快，小谷放心地睡去了。我的手机突然收到一条信息：“天方行星有神秘元素，或许可以救你朋友的命。——上官船长”。

我突然犹豫了：去，还是不去？

9. 再启天方

不知不觉中，时光渐渐地流逝。我们依旧不太适应悬浮城的生活，不过也没有初期那么格格不入了。

一天，帕斯卡教授突然带回一个令人震惊的消息——第五次天方计划终于顺利完成。科考队队员带回了一些神秘的岩石标本，其中最古怪的一块将来雷霆中学展示。

我们这才知道，原来天方行星对于地球很重要。他们一直在寻觅一种元素，让冰封的地球重生。

10. 绝对弹跳

那块黑色的岩石终于来我们雷霆中学展示了，它是那么平凡，又是那么怪异。

作为第一代天方计划的唯一科考队员，当我见到这块岩石的时候，心中百味杂陈，泪如泉涌，脸上却显现出了不合时宜的大笑。其他同学对此却毫无兴趣，反而对我和小谷的痴迷嗤之以鼻。

夜深了，我和小谷再次来到展示室外的花架。我们隔着玻璃，迷恋地望着这块石头。

一只蟑螂突然爬到了这块岩石上。当它离开那块岩石的时候，突然跃起九尺多高，重重地撞在天花板上，死了。

又过了一会儿，一个黑影潜入了展示室。他拿起一把刀，从岩石上刮了一些粉末，抹在了脚心。

三天后，悬浮城的教师篮球赛如期举行。我们的帕斯卡教授虽然年过六旬，却依然能够跃到 3.8 米的高空，完成一次次的隔人暴扣，令人瞠目结舌。

我和小谷终于知道，那块岩石的粉末有神秘的功效。它能够激发人体的极限，使人完成一次惊世骇俗的蜕变。

11. 天方传奇

第二天一早，悬浮城又传出了一个轰动的消息——天方岩石失窃了。

“小谷，岩石失窃了。”

“我知道。”说话间，小谷已经站在了我的面前。他一如一百零一年前那么直直地站立着，如同一株苍翠的青松。

“你的轮椅？”我十分惊愕。

“我已经不需要它了。”小谷冷冷一笑。

“可你为什么背着一个氧气瓶？”我大惑不解。

“这不是氧气瓶，而是二氧化碳瓶。”

“二氧化碳瓶？”我更是一头雾水。

“实话告诉你吧，岩石是我偷的。我将它全部磨成了粉末，并且吞服了下去。现在不但我的腿好了，我更是拥有了比大象强大一百倍的力量。只可惜人算不如天算，它的副作用也是巨大的。我已经不能呼吸氧气了，只能呼吸二氧化碳。”

“你想怎么样？”

“你背叛了我，整个世界都背叛了我，所以我要疯狂地报复，我要毁灭世界！”小谷很张狂。

“不可以！”我用力嘶吼，声音却还是那么小。

“如果你愿意和我一起去劫持天方六号飞船，我就放弃这个念头。”

“好！”

“天方行星只有二氧化碳，没有氧气。到了那里，你只有死路一条。而且地球上的资源已经耗尽，人类已经没有能力制造天方七号飞船。你愿意死在别的星球吗？”

“没关系，至少在那里，你会活得比在悬浮城要快乐！”我笑得一脸灿烂。

“好吧，咱们立刻行动。”

小谷变得很强大，任何子弹都伤不了他。他和我轻易地劫持了飞船，并且按动了自我发射模式的按钮。

对于我而言，这一幕是多么熟悉，思绪一下子又回到了一百年前。

飞船起飞了，我很吃力，他却很安定。看着我痛苦的样子，他忽然朝我的脸撒了一些粉末。

“你想干什么？”我的声音突然变响了。

“追云，我从教授的绝密实验室查到，类似的岩石深藏在天方行星百公里之下的岩层中，它拥有可以令地球重生的力量。起初我偷岩石确实是为了自己，可我忽然觉得，与其拥有强大的力量却不能和正常人一样生活，不如好好地利用这份意外的力量。”

“小谷……你……”

“我们一起去把那些岩石带回来吧。”

“我的声音？”

“我刚才撒的就是我没有吃尽的粉末。现在你的声线正常了，泪腺也恢复了。”

“你为什么要那么做？”

“自从我看到那只蟑螂之后，我就知道，你宁可背负背叛好友的骂名，也要想尽办法延续我的生命。你是我真正的

朋友，我要治好你上次飞天的创伤。放心吧，只要不是口服的，是没有副作用的。”

不需要道歉，不需要解释。过往的一切误解早就烟消云散，荡然无存了。

…………

终于来到天方行星了。尽管小谷的力量很强大，但他依旧挖掘得很吃力，而我只能默默地背着氧气瓶看着他。

一年后，我和小谷返航了。

我们再次站到了冰封的地球表面，开始不断地播撒天方神秘岩石的粉末。

渐渐的，地衣出现了，苔藓也出现了……

“追云，你自己回悬浮城吧，我不想背着一个瓶子出现在众人面前。我想继续播撒粉末，让地球尽快重生。”

“不了，这才是我真正的家。悬浮城对我而言，根本没有归属感。等到 2211 年，地球就会变回两百年前的样子，悬浮城的人们就可以回家了……”

“回悬浮城吧，我已经是一个怪物了。你若不回去，我就扯下二氧化碳的瓶子。”

“我还是坚持不回去。”

小谷淡淡一笑，果真扯去了那个瓶子的管道。奇迹出现了——他没有倒下，他没有死，他可以呼吸氧气了。

“小谷，你……！”

“或许是岩石的副作用在挖掘的时候随着力量一起消失了，又或者……”小谷高兴得有些不知所措。

而我也流出了许多年不曾流出的眼泪——曾经哭着笑，如今笑着哭。

茫茫的雪地上，又出现了两条车辙。车辙延伸到哪里，生命就回归到哪里。

猎　云

在我生活的多云镇，有一个奇异的规矩：每个人必须在自己的十六岁成年礼到来之前，从天上猎取一朵属于自己的云。这个奇异的规矩源于一个更诡异的传说。传说生活在多云镇的每一个人，出生时只有半颗心，唯有猎取一朵属于自己的云，才能合成一颗完整的心，才能成为一个真正的人。这个诡异的传说还有一个最可怕的结尾——如果没能在成年礼之前合成一颗完整的心，成为一个真正的人，将会受到全体镇民的驱逐，经历数不尽的灾难。

所有人都严格遵守着这个规矩。多云镇建镇千百年来，还不曾有过一个破坏规矩的人。

多云镇，镇如其名，天上飘浮着很多品种不同的云，有的稀松平常，有的却超乎想象。

猎云的方式，有很多种，不一而足。像棉花糖一样柔软的白云，是最容易猎取的。多云镇的镇北，有一个辽阔的敕勒川草原。那里白云密布，宛若穹庐，笼盖四方。站在敕勒川草原上，只消折一根长长的竹竿，梢头绕上几个废弃的蜘蛛网，轻轻往天上挥动几下，便能牢牢地将最为低矮的白云粘住。遇到稍高一些的白云，踮一踮脚尖，或是纵身跳一跳，多数也能够抓下来。若是碰上飘浮得最高也最调皮的白云，深情地吹几声口哨，也能将它们吸引过来，然后果断出杆，一击制胜，粘牢凯旋。相比较而言，猎取翻滚的乌云就艰难得多了。首先，必须手脚并用，攀登到镇西高高的未遮山之巅，然后从背上取下一张由鲸鱼骨头锻造的大弓，奋力拉开，再是一只眼睛睁开，一只眼睛闭上，瞄得准准的，最后用力将一张由杜仲丝编织而成的巨网发射出去，这样才能将顽劣的乌云擒获。还得在第一时间将擒获的乌云装进一个密封的玻璃罐里，要不然它一定会大声哭诉，不是一个惊雷把人劈得外焦里嫩，就是一阵倾盆大雨把人淋成落汤鸡。至于绚丽的火烧云、冰凉的积雪云、稀疏的马尾云，都有截然不同的猎取方法，我就不一一赘述了。

俗话说，人各有志，人也各有命。有的人尚在牙牙学语时，便拥有了一朵属于自己的云；有的人一直到十五岁的尾巴尖儿，才赶上末班车，追寻到那片属于自己的云。在我们多云镇，猎云是头等重要的大事。如若不然，我们镇口高高的牌坊上，怎么会刻下“云心有我，云我有心”的对联呢？

从三岁的时候起，我就暗暗下定决心，要猎取一朵独一无二的云。可究竟什么样的云才是独一无二的呢？对于这个问题，我的心里并没有多少概念，想了好久好久，答案却依旧比天上最高的壮志凌云还要缥缈无踪。

每当我望着傍晚的夕阳发呆，母亲便会端来一碗好喝的冰糖莲子汤，摸着我的寸头说：“你是个男孩子，不如就用涂了辣椒酱的桃木剑，去镇西的火焰峰上猎取一朵火烧云。得到了火烧云，你未来的日子一定可以过得红红火火，就和镇西卖灯笼的老诸葛一样。谁都知道，老诸葛扎的灯笼个个都能气死风，要不然也不会畅销十里八村。”

这个时候，父亲往往会提出反对意见：“好男儿志在四方。作为我的儿子，将来必须泛舟到梦马湖上，用魔芋丝做的透明网，去打捞一朵因为淘气而潜在水里憋气的马尾云上来。有马尾云相伴，他一定会有一颗千里马般驰骋天涯的心。我希望他长大后能多出远门，踏遍多云镇的每一寸土地、每一个角落。”

然后，他们两个便会用满怀期待的眼神看着我，这经常让我不知所措。一个月全食之夜，他们两个着急了，非得让我在火烧云和马尾云之间做一个选择。我瑟缩地退到墙角，第一次颤颤巍巍地说出了自己的宣言："这两朵云我都不喜欢。我要选一朵独一无二的云。"

毫无疑问，"独一无二的云"这六个字，像一道金色的闪电，瞬间击中了他们的心。他们欢喜地捧着我的脸，异口同声地说："果然是个好主意，好得不能再好的主意。"

我显然从他们的话中得到了鼓励，猎取一朵独一无二的云的决心，也变得越发坚定。

时光如白驹过隙，我的六岁生日悄然而至。六岁的我，和很多小孩一样，储蓄罐里存满了硬币，房间的地上堆满了玩具，嘴里也总是塞着甜丝丝的棒棒糖。唯一不同的是，在他们纷纷忙着准备蛛丝竹竿、鲸鱼大弓或是辣椒酱桃木剑的时候，我却不为所动，只是思考着什么样子的云，才是真正独一无二的云。

三月三日是我们多云镇一年一度的胜日。传说在这一天，无论我们做什么事，都能马到成功，旗开得胜。今年的胜日，天气也出奇的好。心情大好的老师于是收起了厚厚的试卷，带着我们去了美丽的寻芳水滨，让大家自由自在地春游。

草坪上的聚餐完毕之后，便是我们最为期待的自由活动时间了。我不怎么喜欢热闹，便起身离开万紫千红的百花之园，独自一人去了一片野草摇曳的荒芜之境。在这个世界上，很少有人能够欣赏野草之美，但我可以。我知道我的这个喜好远远超越了我的年龄，但我发现自己确实可以读懂野草的内心。它们没有花儿香，也没有树儿高。它们默默无闻，无人知晓，但它们却有着无与伦比的坚强。我不由得为它们感到由衷的骄傲。

忽然，在一棵几乎成了昆虫乐园的野苹果树的枝头，我发现了一朵白中带粉的苹果花云。它就像一条粉白色的纱巾，静静地落在灰褐色的树枝上。它轻轻地呼吸着，身体一起一伏，仿佛一个酣睡中的小婴儿。这显然是一朵非常害羞的云，也是一朵极其罕见的云。

我赶紧掏出插在腰间的水枪，将枪口对准它。众所周知，苹果花一遇到疾风骤雨，便会迅速凋零。所以，由苹果花的灵魂化成的云朵，也是十分畏惧水的。可就在扣动扳机的刹那，我忽然想到，很多年以前，伟大的科学家牛顿已经拥有了这种云。那一日，他盘腿坐在庄园的苹果树下，闭目养神之际，被一朵柔软的苹果花云砸中了脑瓜。于是，他灵感大发，想明白了日月星辰运行的规律，提出了万有引力定律。

虽然十分稀罕，但它并不是一朵独一无二的云！这么想着，我默默地叹了口气，垂下了手，将水枪放回腰间。但我随即想到了坐在轮椅上的三三。因为生了一场大病而不能再行走，曾经性格温顺的他，变得暴躁而敏感。在敕勒川，我曾好几次看到他高举着竹竿，用力挥舞，但因为站不起身，他粘不到哪怕是最低的白云。然后，他会愤怒地将竹竿折断，把头埋在自己的臂弯里，低声呜咽。于是，我拔腿跑去了百花之园，将正兀自望着喷泉发呆的三三推到了野苹果树下。

“嗯，保持这个姿势，放轻松，再放轻松，继续放轻松，好，可以射击了。”我耐心地指导三三如何使用我的水枪。

只听“噗”的一声，被淋湿的苹果花云猛然惊醒，然后打了一个大大的喷嚏，从枝头悠然飘落下来。我赶紧推着三三前进了三步，苹果花云不偏不倚地落在了三三张开的手心。

很快，轻柔的苹果花云闪烁了几下淡淡的辉光，融化在三三的手心。紧接着，我看到三三那张冰冷刺骨的脸庞上，似乎浮现出了一缕和煦的春风。

“谢谢你！”三三终于又会笑了，甜蜜得像一朵迎风摇曳的苹果花。

七岁那年的七月初七，只比我大七天的七表姐来我家做客。七表姐是我们家族的骄傲，七姑八姨都夸赞她有颗七窍玲珑心。事实也确实如此，任何纸片、任何草叶、任何泥巴，只要到了七表姐的手里，就会变成一些新奇的东西：会眨眼睛的纸狐狸、会振翅膀的草蜻蜓、会吐舌头的泥老虎……一切都是那么活灵活现，栩栩如生。

那天晚上，父母亲也热情地摆了一桌七子之宴来迎接她，分别是盛满了蛇莓汁的杯子、装满了紫葡萄的碟子、穿着水果玉米的筷子、放着琥珀瓜子的扇子、切开来是彩虹七色的橙子、装着鲜花饼的盒子，还有用冰糖煨过的莲子。就在我们欢声笑语、大快朵颐的时候，院子里忽然飘来了一朵极其陌生而古怪的云，它的形状宛若一双纤纤玉手，在星光下缓缓变幻。

“真是一朵前所未有的云啊，它不会就是传说中天下只此一朵的弄巧纤云吧！”母亲惊呼起来，正在舀莲子羹的勺子也差点落到地上。

“儿子，快把七表姐给你编的芒草一百单八将拿出来。有道是英雄惜英雄，弄巧纤云见到了如此巧夺天工的东西，一定会飞扑过来的。”父亲的反应极快。

我赶忙跑回自己的小屋，从抽屉里取出了珍藏的芒草一百单八将，回到了院中。可我并没有将它们高高举起，向这朵弄巧纤云展示，而是郑重地将它们放在了七表姐的手里。

于是，这朵前所未有的云立即如飞蛾扑火一般，撞入了七表姐的眉心，化作了她眉头的一颗美人痣。七表姐朝我莞尔一笑，剥起了橙子。很快，橙皮在她上下如飞的手里变成了更加美轮美奂的金陵十二钗："表弟，谢谢你，等了这么久，我终于拥有了最适合自己的云。这是给你的礼物，你一定要收下。"

父亲和母亲并没有责怪我，反而向我竖了竖大拇指，连连夸我做得对。

从此以后，我的抽屉里不仅有了威武的一百单八将，还有了美丽的金陵十二钗。

到了八岁的时候，我越发贪玩了。多云镇是如此之大，大得我总想去这里走走，那里逛逛。终于有一天，我迷路了，彻彻底底完完全全地迷路了。我误打误撞地走进了比广寒宫还清幽几分的宽窄巷子。那本来是一个连大人都需要结伴而行才敢去的地方。在一扇向上无限高、向下无限深、向左无限遥、向右无限远的大门前，我终于再也承受不住内心的惶急和害怕，放声大哭起来。号啕的哭声引来了一朵罕见的云——一朵喋喋不休的古人云。

难得看见大活人，古人云也显得异常兴奋。它围着我上下翻飞，还不停地问我各种问题。当然都是些关于古人的问题。诸如：李白是什么星座？杜牧的幸运数字是几？爱吃荔枝的杨贵妃有几颗蛀牙？王昭君从大汉到匈奴王帐一共走了多少步？

老实说，它问的这些问题，水平着实有些一般，完全无法与博学多才的孔子云相提并论。《猎云手册》上记载过孔子云问的问题，单单一个“何陋之有？”就胜过这朵古人云的一切问题。既然珠玉在前，这朵难得一见古人云，也不是一朵独一无二的云。

古人云虽然没能成为我的另外一半心，却成了我的朋友。它一边问我问题，一边变化成各式各样的箭头，引我走出迷宫般的宽窄巷子。

十岁那年的暑假，班上的同学有一半已经找到属于自己的云了。

他们中间大部分人都选择了最简单易得的白云。得到了白云之心的他们，一个个都变得十分百依百顺。和我下跳棋，每一步都让着我；与我进行钓鱼比赛，故意不在钩上放饵料；跟我赛跑，成心跑掉一只鞋……

至于猎取了乌云的心的同学，则较往日冷漠了许多。想和他们勾肩搭背一起上学，会被他们甩脱。打开书包分他们一点零食，也会被他们丢进垃圾桶。给他们讲一个有意思的笑话，换来的也只是他们的一个白眼……

他们看上去虽然和从前一模一样，却让我感到如此陌生，简直比陌生人还陌生。

这种原本嬉笑打闹惯了的同学间突然而至的疏离感，让我很是难过。于是我去了镇西南的黄昏之海，想散一散心。事实上，黄昏之海并不是一个适合散心的地方。由于空间的曲率太大，这里每分每秒都在日落。一天看了四十四次日落的小王子，都难受得欲哭无泪，更何况是来一天日落十万八千次的黄昏之海散心的我呢！奇怪的是，看了一千零一次日落后，我忽然不伤心了。有什么好伤心的呢？至少我的意志还是这么坚定啊！这就足够了。

在一块猴子造型的石头边上，我看到了一朵正在翻筋斗的云。它时而向前翻，时而向后翻，时而侧着身子翻，一副活泼好动的样子。见我没有搭理它，它甚至径直扑向我，碰碰我的鼻子，挠挠我的痒痒，或是扯扯我的耳朵，试图引起我的注意。然而，我却并没有将它作为猎物的意思，就连手心里捏着的蚕丝网兜，也没有丝毫要张开的意思。

筋斗云确实是朵法力非凡的云，但齐天大圣已经拥有过了，所以它也算不上独一无二。

一转眼，我已经十二岁了。我的猎云技术虽然非常不错，但依旧没能如我所愿，猎到一朵独一无二的云。在镇东的衰草坡上捡拾落叶做标本时，我曾用一只犀牛的号角吹了一曲《满庭芳》，曲调迂回婉转，成功猎到了一朵心事重重的山抹微云。这朵云看似轻柔，实则沉重，很快就浸透了我的衣襟和袖口。更重要的是，我总觉得，这朵云似乎在某本书上见过，算不得一朵独一无二的云，便趁它还未钻进我的耳朵之际，将它放走了。在镇南的红叶塘边收集零落的红叶，准备作为点年糕的染料时，我用大鸟飘落的两枚羽毛使劲地挠了挠一朵叫作一舟云的痒痒。这云好轻，轻得好像一片帆，它还说要把我带到天上去，见一见它的主人。在我离地三尺高的时候，我松手了。有主人的云，怎么会是独一无二的云呢？

见我迟迟没有得到自己的另外半颗心，父母亲不禁一改曾经的自豪，为我担心起来。他们的担心不无道理。和我一般大的孩子，已经有一大半拥有属于自己的云了。就连住在两不厌湾左岸，一直被认为智力有些问题的阿树，半个月前也用洗菜的竹篮逮住了一朵游移不定的浮云。还有家里开红灯笼绿茶馆的童子，天天忙着帮家里干活，连学校都经常请假不去，却用两根在指尖上旋转的抹布，罩住了一片红绿相间的祥云。至于浣花溪边的哑女霓裳，虽然呼喊不来轻柔的白云，却用一件轻舞飞扬的羽衣引来了西天的彩云。

“孩子，赶紧去猎一朵云吧，别再挑三拣四了。要知道，天有不测风云。万一到时候无云可猎，你的十六岁成人礼怎么办？”父亲拍了拍我的肩头，深深地叹了一口气。

“孩子，快点去猎一朵云吧，别再好高骛远了，你以为，你能猎到三十三重天上的壮志凌云吗？”母亲凝视着我的眼睛，眼角已经流出了泪水。

“传说，在极北之地的黑洞里，有一片不知所云，恰好适合不知所云的你，你赶紧去猎吧。”老师遥指着夜空中瑟瑟发抖的北极星，连连瞪眼，一副恨铁不成钢的样子。

但我还是不为所动。如果现在就改变心意，之前的一切坚持，岂不是失去了意义？

功夫不负有心人，在我十四岁生日的那一天，我终于等来了一朵独一无二的云——诗云。那是一朵由诗歌组成的云，没有大小，没有形状，没有颜色，没有气味，没有声音，有的只是诗歌的豪迈、诗歌的婉约、诗歌的朦胧、诗歌的恬淡。显而易见，我猎不到这片无限美好的云，我也敢打赌，这世上没有一个人能捕获这朵云。诗云在我身边逗留了好几个小时，给我讲了很多很多诗人的故事，他们的踌躇满志，他们的怀才不遇，他们的随遇而安……然后，在我安然入睡的深夜，它连最细微的声音都没有发出，便从我的眼前，从我的耳边，从我的脑海，从我的心中消失了。那是一种彻彻底底的消失，就像它没有来过一样。

这无疑是我生命中最伤心的一个生日。我错过了一朵真正独一无二的云。

在我十五岁的最后一个傍晚，我又回到了神秘莫测的宽窄小巷。外面天寒地冻，我则心事重重，肩头仿佛压了一万座山。在一个远看无限大，近看无限小，有光的时候看上去无限黑，没有光的时候看上去却无限白的窗子之前，我又遇到了一片奇怪的云。表面上，它和最普通的白云十分相像，所不同的是，它只会重复别人说过的话。

“再猎不到云，你将成为我们家族的耻辱！”它重复着父亲最近时常说的气话。

“再猎不到云，你将来可要怎么办呀！”它重复着母亲最近经常说的伤心话。

“再猎不到云，你不能说是我的学生！”它重复着老师最近说的特别严厉的话。

我总算明白过来了，这朵云的名字是人云亦云。别人说什么，它就说什么。虽然这个世界上只有一朵人云亦云，但我依旧不认为它是一朵独一无二的云。它连自己的想法都没有，谈什么独一无二呢？

我挥了挥衣袖，告别了这片被夕阳染得五光十色的人云亦云。而那朵我的故友古人云，又不知从哪个地缝里钻了出来，指引着我走出这个令人不辨西东的古怪巷子。一路上，不停地有白云和乌云在我头顶盘旋，仿佛在说：“来猎取我吧，快来猎取我吧！”

我的心里当然也有担忧，嘴唇都被自己咬出了血，但我还是没有动手。

终于，黎明来了。明亮的曙光刺破了黑暗，于我，却是无边的黑暗。

这个时候的我，本该站在镇中心的欢呼广场之上，迎接自己隆重的十六岁成人礼。而现在，我却黯然神伤地踱步到了多云镇最为偏僻的葬云之渊，感受着最为蚀骨的孤寂。

那个诡异的传说终于迎来了它的第一次兑现，我成了神秘的多云镇上唯一一个在自己的十六岁成人礼到来之后，依旧没能猎取到属于自己的云的人。

按照规矩，我必须接受惩罚。迎接我的，是一段糟糕透顶的流放生活。

有多糟糕呢？我想我还是不说为妙吧。因为一旦说了，你们也一定会伤心难过的。其实，身体上的伤害算不得什么，监禁也好，毒打也罢，哪怕是禁食或者禁睡，忍忍也就过去了，习惯了也就麻木了。真正可怕的是，就连最亲爱的家人，也不认可我是个真正的人了。可我明明还是我呀，关心着三三、理解着七表姐、牵挂着你们的我呀！

被流放以后的每一天，对我而言，都像一个纪元那么漫长。是的，不是世纪，而是纪元，奥陶纪、泥盆纪、三叠纪那样漫长的纪元。

日子一个纪元一个纪元般地过去，应该是在我八十岁生日那天吧，一朵比独一无二的云还要独一无二的云落到了我的面前。我已经很老了，眼睛也模糊了，耳朵也不灵敏了，手脚也不方便了，但我依然闻出了它身上独一无二的味道。它围着我转来转去，不肯远离，似乎在等待着我去捕捉它。然而，我所有的猎云工具都被没收了，眼前唯一的东西，只有一小段我正在努力啃食的莲藕。是的，我已经吃不了太多东西了，就连清甜可口的脆生生的莲藕，也只是放在嘴里含一含，就吐掉了。

但意想不到的事发生了，它真的被我抓住了。我仅仅用了莲藕中几根未断的丝。与其说是我猎取了它，不如说是它选择了我。

可你能想到吗？这朵比独一无二的云还要独一无二的云，居然就是传说中可以逆转时间的神奇之云——时光之云。

时光之云化作了我的另一颗心，带着我穿越时间的长河，回到了我三岁的时候。

“今天是你的三岁生日，你有什么心愿吗？”摇曳的烛光里，父亲和母亲笑呵呵地问我。

“我想要——猎取一朵独一无二的云。”不知为什么，经历了糟糕透顶的那段人生后，重返童年的我回答得依旧是那么果敢、那么坚定。

与上一次不同的是，这次的我不再迷茫，而是有了一个十分清晰的目标：我要猎取一朵能够驱散一切千奇百怪的云的万云之云——万里无云，我要让多云镇的荒唐规矩消失，我要让你们永远是你们，我永远是我。那样的世界，才是真正的世界。它肯定并不完美，但一定足够美好！

猪天有时下晴

和你们生活的地方一样，我们不奇不怪镇的一年也是365天。

第1天是龙天。这一天，食品店里只卖龙须糖，中午吃饭只可以下龙须面，餐后甜点只有红黄蓝绿黑白紫七种火龙果可选，出门只能划龙舟，打开电视只能看舞龙表演。这一天还不能举办足球比赛，因为不管脚法臭不臭，都会踢进乌龙球。

第2天是蜜蜂天。这一天，我们唯一要做的事情，就是穿上两对透明的翅膀，在花园里跑来跑去、走来走去、爬来爬去、滚来滚去。

第9天是螃蟹天。这一天，大家必须横着身子走路。

第66天是猫天。这一天，所有人出行都要踮着脚尖。

第108天是蚌天。这一天，谁见了谁，都要说：“你真棒！”

第 157 天是猪天。这一天的主题当然是吃，想吃就吃，大吃特吃，不吃白不吃，吃了还得吃，可是——

十年前的猪天，镇上忽然刮起一阵飓风，把一个比城堡还大的奶油蛋糕吹上了天，乌云被涂抹成了白云。

九年前的猪天，镇上突然下了一场暴雨，雨水汇聚成奔流的江河，整整一万桶爆米花一眨眼就被冲向了远方。

八年前的猪天，镇上起了一片大雾，哎呀，明明是往嘴巴里塞的长条巧克力，结果却插进了鼻孔里。

七年前的猪天，镇上又是风又是雨，又是雪又是雾，又是雷又是电，那画面太可怕，我不敢写。

…………

算起来，我们不奇不怪镇的猪天，已经连续九年不出太阳了。要是今年的猪天再不放晴，猪天这个历史悠久的节日，就要被镇长从本镇的日历里划掉了。

划掉意味着除名，那可糟糕透顶了。

猪天要是没有了，我们这些住在 157 号大街，也就是猪猡古巷的猪绅士、猪女士、猪孩子的脸往哪里搁呢？我们的脸可大着呢！

要是没有了猪天，大家就吃不到只有猪天才有的超级美食——青菜白菜黄花菜烤紫菜、绿豆黄豆红豆味冰淇淋了。

要是猪天没有了，像“猪八戒照镜子——里外都是高帅富”这类谚语，就没有存在的意义了。

…………

时间的破车轮咯吱咯吱向前，今年的猪天终于如约而来。

天刚蒙蒙亮，我们这些大猪小猪就聚集在玉盘广场，高高昂起头颅，望着低低的天空。

云层好厚，比豌豆公主身下垫着的十九层褥子还厚。

云层好黑，比邪恶女巫用乌贼口水染色的斗篷还黑。

云层好湿，比羞羞巨人刚尿过足足三次的被单还湿。

一点出太阳的迹象都没有，难到猪天真要成为历史了？

不，绝不能让如此可怕的灾难发生！

身为本镇智商和体重双双最高的猪先生，我必须挺身而出：“诸位，我听说过一句话——道生一，一生二，二生三，三生万物——万物二字包罗万象，一定也包括晴天。所以，我们只要站在道路中间，手里举个‘一’字形的东西，就一定能召唤来晴天。”

“可‘一’字形的东西是什么呢？”大猪小猪们齐声问我。

“也许是竹竿，大概是甘蔗，可能是扫把，或者是吃拉面用的大筷子，总之，一定是又细又长的东西……”我把能想到的“一”字形的东西说了个遍。

于是，不奇不怪镇自建镇以来最奇最怪的画面出现了。

不管是蜈蚣胡同，还是蜂鸟花苑，抑或是熊猫雅舍，但凡是道路，甭管康庄大道还是羊肠小道，都站着一只猪（“只”在这里是敬语，等同于你们人类的“位”），甭管男猪女猪老猪少猪，有的手里拿着法式长棍面包，有的手里擎着收紧的雨伞，有的手里举着带刺的仙人柱，有的扛着去了皮的大甘蔗，俨然一个个仗剑而立的猪骑士，不知道的还以为外星人要入侵了呢！

然而，不仅乌云没有散去，空气也无法再支撑起越来越重的湿气，开始滴滴答答往下掉——下雨了。

“唉，唉，唉——”我们的叹息声一声接着一声，就像打雷一样。

万物包括晴，同样也包括雨呀！我终于发现了我们失败的原因。

就在我们猪族深陷绝望不可自拔的时候，住在绿水溏的河马们及时伸出了仗义之手。

要是没有猪天了，猪们就要被扫地出门，那将来谁陪着我们去超大大号服装店买衣服，去永不减肥俱乐部增肥呢？虽然河马们有着自己的如意算盘，但不可否认，他们也在想

方设法为我们祈祷晴天。

“在晴天，大家都会晒被子。我想，只要晒了被子，晴天就会到来。不如，我们一起来晒被子吧。”挤在一起的河马们左思右想，摇头晃脑，巨大的身体时而“砰”的一顶，时而“咣当”一撞，好似一段摇摇欲坠的城墙。好在这个时候，最小的一只河马想到了办法。

河马们于是晒出了他们所有的被子：有正在盖的画着水草的被子；有藏在柜子里的印着王莲花的被子；有绣着很多只河马拼成一颗爱心，打算将来做嫁妆的被子。

很快，水草变成了湿漉漉的水草，王莲花变成了水灵灵的王莲花，爱心也变成了流淌着热血的爱心。

河马们付出了一个月没被子盖的巨大代价，可雨势却越来越大。

假如猪天真没了，最伤心的莫过于我们最好的朋友蜘蛛了。因为知猪者，蜘蛛也。更何况，我们还是他们生产的丝织品的头号采购商呢，连广告语都是我想出来的：穿上蜘蛛丝衣裳，蚊虫全部沾光光。

为了让晴天快点回来，蜘蛛们也是拼了，他们居然生平第一次搽了防晒霜，在大雨天晒起太阳来。一层又一层的防晒霜，厚得好像盔甲一样，黑蜘蛛瞬间变成了白蜘蛛。

然而，直到白蜘蛛变成了花蜘蛛，花蜘蛛变回了黑蜘蛛，蜘蛛网被雨水打烂，黑蜘蛛又变成了灰色的泥蜘蛛，太阳都没露出半根头发丝来。

雨丝越来越粗，雨帘越来越密，雨声越来越大。积水渐渐漫过猪猡古巷，那尊粉色的镂空猪神雕像也在水面上起起伏伏，眼看就要漂向远方。风从雕像上面的开孔中呜呜吹过，宛如一曲忧伤的离别歌。

决不能这样坐以待毙，我暗暗捏紧了自己的猪爪。

晴天最大的特点不是温差大吗？

就让我们来制造最大温度差吧！

于是，我们有的左手六串热腾腾的青菜白菜黄花菜烤紫菜，右手三根凉飕飕的绿豆黄豆红豆味冰淇淋；有的左脚泡在扑哧扑哧冒气泡的温泉里，右脚浸在呼啦呼啦冒冷气的冰水里；有的左脸吹着电风扇，右脸吹着电暖炉……

当我们被猫狗马羊们搀扶着送进医院时，雨竟然大得将天地融为了白茫茫的一整片。

白茫茫没多久又变成了黑黢黢——黑夜降临了。

雨还在下，镇长只能披着雨衣，在小镇的中心，召开紧急会议。

“镇民们，由于猪天连续十年都不是晴天。我宣布，猪天将从本镇的日历中剔除。”镇长的话好似一把利刃，深深地刺伤了我们的心。我们顿时觉得天空落的不是雨，而是我们伤心的泪与心碎的血。

“可今年的猪天是个大晴天呢，要不然，我们怎么会晒被子呢？”河马们为了挽留我们，开始了狡辩。

“今年的猪天当然是个大晴天啊，我们都被晒得涂防晒霜了。”蜘蛛们说起谎话来，也是脸都不红的。

“猪天，也就是今天，温差好大，我们都生病了，好像算是个晴天吧。”虽然我还在发烧，但也必须为了猪的荣耀而发声。

“荒唐！荒谬！荒诞！今天就是个雨天，不管你们说什么、做什么，都不会改变这个事实。”镇长义正辞严。

“如果猪天不再是猪天，那该叫什么天呢？”

“咱们镇上不是还有蚊子吗？”镇长掰着指头算了算，本镇的居民除了蚊子，其他都有属于自己的节日了。

“要是猪天变成蚊子天，蚊子就会得到特权，它们就可以叮人有理，咬人无罪，鲜血越吸越有滋味了。不行，绝对不行！”河马强烈质疑。

“既然蚊子不行，那就只剩下化石了，就叫化石天吧。”

“要是猪天变成化石天，我们就一整天不能吃不能喝不能说话，像化石一样傻坐傻站着。不喜欢，非常不喜欢！”蜘蛛坚决反对。

“这个……那个……这那个……那这个……”镇长词穷了。

“小镇不可一日没有镇长，日子不能一天没有冠名。既然没有合适的人选，那就还是叫猪天吧。”人群中不知是谁说了一句，反正不是我。

“猪天万岁，万岁猪天！”人群开始了欢呼。

…………

和你们生活的地方一样，我们不奇不怪镇的一年也是365天。

第157天是猪天。这一天就算下着瓢泼大雨，在我们心里依然是个大晴天。